おひとり様作家、いよいよ猫を飼う。

真 梨 幸 子

幻冬舎文庫

目次

はじめに 6
第1章 生存確認（地獄篇） 9
第2章 蜘蛛の糸を見上げながら 111
第3章 生存確認（脱地獄篇） 125
第4章 蜘蛛の糸をよじのぼりながら 173
第5章 そして、いよいよ猫を飼う 187
おわりに 356

おひとり様作家、
いよいよ猫を飼う。

はじめに

こんにちは。真梨幸子と申します。

職業はミステリー作家。主に、後味が悪くてイヤーな気分になるミステリー、「イヤミス」というジャンルの小説を世に出しています。

さて。タイトルにもありますように、私はおひとり様です。思えば、物心ついた頃からおひとり様でした。

シングルマザーの母は昼も夜も仕事で忙しく、1日の大半は一人で留守番。朝食も夕食も、一人。スキヤキもお鍋も鉄板焼きですら、一人。一人でいることが私の「日常」でございました。おかげで、他者がそばにいると疲れる……という面倒な体質に。

こんな私も若い頃はいっちょまえに付き合っていた男性がいました。毎日毎時間、「会いたい会いたい」と呪文のように唱えていたのですが、いざ会うと、「一人になりたい、帰りたい」と、早々に帰り支度をはじめる始末。で、家に戻ると、「会いたい会いたい」の繰り返し。我ながら、意味が分かりません。こんなですから、結局、結婚する機会もなく。

そうそう、そんなときです。あるとき、学生時代の知人のツテで、テレビドキュメンタリー出演の依頼がきました。「30歳を目前にして、いまだに独身の女性」というのがテーマで、あきらかに「独身女性のネガティブキャンペーン」な企画です。制作者側は、結婚できない残念な女性像を求めていました。周りはどんどん結婚していくのに、自分はなんて孤独なのだろう……的な画が撮りたいと、同窓会を開いてくれと無茶振りもされました。または、うら寂しい公園に連れて行かれて、「結婚したいけどできない……」的なことを喋らされたり。結局、その企画はボツになってオンエアされることはなかったのですが、そのとき、ディレクターにしみじみと言われた言葉があります。

「あなたみたいな結婚できない女性は、10年後、……いや20年後はどうなってんだろうな」

あれから、二十余年。

50を過ぎてもいまだにおひとり様な私ですが、特に不満もございません。むしろ幸せです。気ままに、自由に生きております。

たぶん、これからも、おひとり様街道まっしぐら。

なぜなら、私は、生まれながらの「おひとり様」ですから！

第1章

生存確認（地獄篇）

2009年。小説家としてデビューして早4年。しかし小説はまったく売れず、小説の依頼もなく、二足も三足も草鞋(わらじ)を履(は)いて派遣とアルバイトに明け暮れる日々。それでも年収は200万円を超えるか超えないか。フツーに生活するだけでも苦しいのに、なんと私は住宅ローンまで抱えていました。そう、バカな私は1997年にマンションを衝動買いしていたのです。ローン返済のため、臓器を売ろうかしら……と本気で考えたことも。まさに、週刊誌で特集されるようなマイルド貧困の図。

しかも、体調まで崩してしまい。なのに、国民健康保険料を滞納していた私は、病院にも行けず。

そんな中、万が一に備えるため、私はブログをはじめたのでした。

◆腐乱死体になるその前に◆09/07/11

エアコンが壊れて、早4年。今年も、冷房なしの夏がやってきました。

慣れとは偉大なもので、あんなに暑がりだった私も、32度ぐらいまでなら扇風機もいらない体になりました。

「私はみごと、暑さを克服したわ」などといい気になっていたのですが、その油断がいけませんでした。

先日、〝熱中症〟というものになってしまいました。それは、お風呂上がり。

いいえ、お風呂に入っているときから、何かがおかしかった。とにかく、思考が定まらず、視界もぐらぐら。いつもの貧血かと思っていたのですが、お風呂のドアを開けたとたん、意識が鼻から抜け、そのまま失神してしまいました。

「あ、死ぬな」と。そして、しばしの暗転。

気がつくと、私は天井近くにいて、ブザマな自身の姿を見下ろしていました。素っ裸で大の字でぶっ倒れている間抜けな中年女。

「あら、いやだ、みっともない。せめて下着をつけないと」そう思った瞬間、意識がすぅぅと体に吸い込まれ、私は、目を覚ましたのでした。そのあと、下着だけをつけて、再び暗転。

「あ、でも、このまま死んだら、この季節、腐乱死体になって、ご近所に迷惑だわ」と、もう一度目覚めた私は、匍匐前進で冷蔵庫まで行き、冷たい麦茶を一気飲み、そのあと胃の中のものを全部吐き出すと、パンツ1枚でフローリング床に倒れ込んだのでした。

幸い、翌朝、(ゲロまみれではありながらも)いつものように目覚めたわけですが、一歩間違っていたら、間違いなく死んでいたな……と。ここで、はじめて、一人暮らしの恐ろしさを実感したのでした。

今、私が死んだら、発見されるまでにかなりの時間を要するのは明らかです。たぶん、腐敗臭がしてご近所さんが騒ぎ出し、それでようやく発見されると思うんです。

それではあまりに申し訳ないので、せめて、腐乱死体になる前に発見されてほしいと思い、生存確認用に、日記もどきを復活させようと思います。

私の知人・友人もここをのぞきに来ていると思います。

なので、もし、なんの予告もなしに、1ヶ月以上、更新がないときは、私の生存を確認してください。

いや、まじで、切実なお願いです。

そして、もし、私が死んでいたら、とりあえずは、母に連絡してください。

母には、「ちょっとした生命保険には入っているから、それで葬式を出してくれ。遺産はない」と伝えてください。よろしくお願いします。

◆今昔アルバイト考◆09/07/13

自他ともに認める売れない作家である私は、いうまでもなく、執筆一本では暮らしていけません。なので、年に何回かは出稼ぎに出るのですが、著しく胃を患ってしまった去年あたりからはフルタイムが難しくなり、できれば、地元で、空いている時間に仕事ができないものかと、先週あたりからアルバイト情報サイトやハローワークをのぞいています。

不思議と、アルバイト情報を見ていると、なにか初々しい気分になるものです。

「アットホームな職場です！」とか、「この夏、リゾート地でがっつり稼ごうよ！」とか、「未経験でも大丈夫！　誰にでもできる簡単な仕事だよ！」とか、なにやらバラ色のキャッチコピーが並んでいて、わくわくしてしまいます。

これらは、私がバイト三昧だった学生時代とほとんど変わりません。学生時代は、そのキャッチコピーに釣られてほいほい応募していたものですが、さすがに今では、一呼吸置いて、あれこれとつっこみを入れています。

まずは、「アットホーム的」。この場合、職場の人間関係が密接で、相性が合わなかったら地獄を味わいます。

「リゾート地」。この場合、かなりの確率で、地方のリゾート地に飛ばされて、住み込みで働くことになります。逃げられません。さらに、「がっつり稼ぐ」。これは、相当ハードな仕事が待っていることを暗示しています。(※1)

「未経験でも大丈夫!」。といいながら、実際に面接に行くと、多くは実務経験のある人が採用されます。また、この「未経験」という言葉が当てはまるのは、若年層のみ。私みたいな中年女が「未経験です!」などと面接に行ったら、間違いなく、落とされます。それでも採用されることがままあるのですが、このときは要注意。「研修期間」というのが設けられます。その研修期間中は、日給1000円だったりします。7時間働いて、1000円。しかも、その研修期間がいつ終わるのか分からないまま、半年も日給1000円で働かされた例を、私は知っています。ノルマ制の場合もあります。営業ノルマに達しないうちは、まっ

たくギャラが出ないという例は、実は私自身が経験しました。（※2）

中には、教材やその仕事に使う道具を買わせたり、登録料を払わせたりする詐欺商法もありますので、甘い言葉にはご用心。（※3）

無論、軽作業や選挙などのイベント関連で大量に弾が必要な場合は、「年長者の未経験者」も採用されることはありますが、超短期である場合が多く、安定した収入とはなりません。

さらに、「誰にでもできる簡単な仕事だよ！」と高らかに謳っている場合は、時給が低いです。まあまあな時給が提示されていても、勤務時間が短かったり、交通費が込みだったりして、結局は、あまり稼げません。

あと、アルバイト情報をぼんやり見ていると、ある法則に気が付きます。

広告界には、「突然、派手な広告を立て続けに打ちだした会社はヤバい」という法則があるようですが、アルバイト業界にもその法則はあるようです。

1ヶ月ほど情報誌やサイトを眺めていると、「あれ？　この会社、ヤバいかも」というのが分かってきます。頻繁に募集をかけている会社は、なにかあると思ってください。

そのときは勢いがある会社（業種）でも、半年後に、なにかあります。

それにしても、なんですね。アルバイトの件数、びっくりするほど、減っていますね。

時給も、私が学生だった頃とあまり変わっていないのも、驚きです。

※1　それは学生の頃、夏休み前。アルバイト情報誌で見つけた、「遊びながら儲けよう！　リゾートホテルの夏」というようなキャッチコピーにのせられた、私と友人のMちゃん。中野サンプラザに面接に行きました（中野サンプラザとそのリゾートホテルは関係ありません。ただ、面接場所に中野サンプラザの会議室を借りただけでしょう）。
その面接で、氏名、年齢のほかにスリーサイズを聞かれた私たち。私たちの体を隅々まで眺める面接官。

「ヤバいよ……、やめようよ……」というMちゃんの言葉に従い、私たちはそのバイトを辞退したのでした。あとで聞いた話だと、リゾート地でのコンパニオンのお仕事でした。集団で地方に連れていかれ、狭い寮に押し込まれ、ぴっちぴちのコスチュームを着せられ、おっさんたちにお酌したりするお仕事だったみたいです。

※2　とにかくお金が欲しかった苦学生の私は、「やりがいのある教育ビジネス。1ヶ月30万円も夢じゃない」というようなキャッチコピーにのせられ、面接に。そこはフツーのアパートの1室でした。が、

妙に熱気あふれる場所でした。壁一面に「●●●くん、40万円達成！」みたいな垂れ幕が貼られ、店長をはじめそこにいらっしゃる方々の底抜けな明るさにも熱いものを感じました。

「こんにちはー！　僕と一緒に、頑張ろうねー！」というような店長の一声から仕事の説明がはじまりました。で、仕事の内容を要約すると、「名簿に書かれた小学生を持つお宅に突然訪問し、用意してきたテストを小学生と一緒に解き、スキを見て教材を売りつける」というものでした。何か変だなとどこかで思いながらも、店長の話を聞いてると、だんだん自分が正義の味方のように思えてきて、にわかに使命感までもがわいてきたのでした。

翌日、私は「よーし、やるわよっ」と意気揚揚と名簿と地図を持って出かけました。結局、その日は20軒ぐらい回り、その内3分の2ぐらいの家に上がることができ、中にはおやつを出してくれた家まであって、割と順調に事は進みました。でも、契約はそう簡単にはとれず。もちろん、その日のギャラはなし。だって、契約とれてませんから。でも、私、頑張りました。が、どんなに頑張っても、一銭にもならず。そして、1週間後、「自分にはセールスセンスがない」とようやく気がついた私は、そのバイトを辞めることにしました。その決心を店長に伝えると、「あなたは、人生の負け犬になりたいの？　一度はじめたことは最後までやりとげなくちゃ。ね、頑張ろうよ！」と優しく諭されました。が、私は負け犬の人生を歩む決意をしたのでした。

※3　私が学生だった頃。宛名書きのバイトというのもありました。新聞の求人広告とかに頻繁に出ていたアルバイトです。「自宅でできる」「高収入」「誰にでもできる」というのが売り文句でした。でも、あれって、保証金が必要だったんですよ。それを知らずに、私は応募してしまったんです。そしたら、保証金を払えと。かなりの高額でした。私はその保証金を用意することができなかったので、辞退の電話を入れました。すると、「ここで辞退すると契約違反ということで、この業界では働けなくなる」と脅されました。この業界ってどこの業界？　それに、契約って……、いつしたかしら？　でもそのとき私は、「まっとうな暮らしができなくなる」と、プルプルおびえてしまいました。それだけ、その脅しには迫力があったのです。でも、私にはどうしたってお金がなかったので、そのまま電話を切ってしまいました。当分は不安で仕方ありませんでしたが、とりあえず、「この業界」から締め出されたからといって、フツーの生活には困りませんでした。

◆因果応報◆09/07/14

因果応報。この言葉を聞いて、まずイメージするのが、「悪いことをすれば、必ず、自分の身に返ってくる」という意味でしょうか。

しかし、「因果」というのは、文字通り「原因と結果」でありまして、どんな事象にも必ず原因があり、原因があるところには必ず結果がついてくる、という意味ですので、悪い原因が必ず悪い結果になるとも限らないのです。逆に、善い行いが、善い結果になるとも限りません。しかし、これを小説で実践すると、結構面倒なことになります。善人が報われず、悪人が栄える、そういうものを書くのは、なかなか勇気がいるものでして。

やはり、善人が報われて悪人が滅びるという因果応報でラストはしめるのが王道です。

それは、小学校4年生のときでした。

図工の実習で、「飛び出す絵本を作る」という課題がありました。

物語を自分で作って、それにそって飛び出す絵本を作るという、なかなかハードな課題です。

で、私が作った物語はというと、その名も「人魚の笛」。アンデルセンの「人魚姫」を少々パクりました。

あらすじをものすごく簡単に説明すると、

……貧しい笛吹きの青年に恋をした人魚姫、しかし青年は笛を海に落としてしまい嘆き悲しみます。それを見ていた人魚姫、一族に代々伝わる家宝の「魔法の笛」をこっそり持ち出し、それを青年に与えます。その行為が魔王の逆鱗（げきりん）に触れ、人魚姫は生きながらに腐って死んでしまいます。一方、魔法の笛を与えられた青年は、魔法の力で望みのものを次々と手に入れ、大金持ちになります。そして、世界中の美女に囲まれて高笑いする青年。おわり。

我ながら、なかなかのデキだと思いました。

が、先生からダメ出しがありました。

「これでは、人魚姫があまりにかわいそう。青年は、罰を受けなくては」

「え、でも。青年は特に悪いことをしたわけではありません」

「でも、人魚姫は、腐って死んだじゃない」

「それは、人魚姫が家宝の魔法の笛を盗んだからで、自業自得で死んだんです。青年には関係ありません」

「それでも、魔法の笛を悪用した青年は悪い人だ」

「えっ。……悪い人なんですか？」

「そうです」

「でも、魔法を手に入れたら、お金とか宝石とか名誉とか、そういうのが欲しくなるのが人間じゃないですか」

「ダメです、ダメです、そういうことはダメなんです」

「じゃ、どうすれば……」

「青年には、蛙になってもらいましょう」

「えっ」

「昔話では、悪い人は、たいがい、蛙になるもんです」

「いや、蛙になるのは、なんの罪もない王子だったりします」

「罪のない王子は、ちゃんと王子に戻るからいいんです。でも、この青年は、絶対人間には戻らない終身蛙にしましょう」

「えっ」

「人魚姫のお父さんが、娘の復讐をするために、青年を蛙にするんです」

「それは、逆恨みってやつではないでしょうか」

「違います、因果応報です！」

以上の会話は、もちろん、脚色してあります。

所詮は小学校4年生、なにか違うな……と思いながらも、先生の意見は丸飲みするものです。

「はい、分かりました。青年は蛙にします」

と、私はあっさり折れ、人魚姫のお父さんの魔法により醜い蛙にされた青年のアップ、という1ページを付け加えたのでした。

おかげで、絵本の点数は満点。

でも、なにかもやもやした後味の悪さを感じたことを、今でもよく覚えています。（※）

※　ちなみに、このエピソードをもとに、「ハッピーエンドの掟」という短篇を書き上げました。転んでもただでは起きない、それが作家道。

◆めまぐるしい1日◆09/07/17

会社員の頃、マンションを購入しました。

当時、女の一人暮らしは歳（とし）をとるとなかなかアパートが決まらない、という都市伝説がありまして、危機感にあおられた私は、「住む場所を今のうちに確保しておかないと」と、それまで漠然と貯めていた預金をはたいてそれを頭金にし、小さなマンションを購入したのでした。頭金を結構入れたので、月々のローン返済は賃貸のときとどっこいどっこい。長期固定を選びましたので、大きな変動もありません。よしよし、これで「住」に関しては安泰だわ。

しかし、盲点もありました。下手に固定資産を持っていると、税金関係がバカにならないのです。去年の収入なんて生活保護で支給される額より少なかったというのに、国民健康保険料と住民税と固定資産税がえらいことに。とてもじゃありませんが、まともに払っていたら、生活費がなくなります。いっそのこと、病気を理由に生活保護を受けちゃおうかしら？という悪魔のささやきが聞こえたのですが、いやいや、それは、本当に最後の命綱、まだギブアップをしちゃいけない、ネバーギブアップ！　頑張れ自分、まだ、やれる！

ということで、先々週あたりから、あれこれとバイトを探しています。

いやはや、しかし、この求職活動、なかなかお金がかかります。履歴書、証明写真、面接に行くまでの交通費。これだけで、1週間分の食費が消えました。

その一方、なんと、マンションの管理組合の理事長になってしまい、とほほな私です。超貧乏な私が「理事長」だなんて、あまりにあまりなギャップだわ！　これはどんな皮肉なのかしら？　しかも、何千万円と積まれた通帳を管理しなくちゃいけないのよ！　こんな貧乏人に、そんなものを任せていいのかしら？　などと言いながら、今日は、管理会社の担当さんと、銀行廻りをしました。理事長が変わったので、名義変更です。複数の銀行に口座がありますので、なかなか面倒な1日でした。

窓口で通帳を見るたびに、そのゼロの多さに、ごくりと唾（つば）を呑み込んだ私です。きっと、この瞬間に魔がさして、横領なんていうのを考える人もいるんだろうな……と（うちのマンションの場合は通帳と印鑑は別々に管理していますので、横領は起こらないのですが）。

たとえば、私が世帯持ちで子供なんかも二人いて、子供の学費やなにやらでヤバいところから借金をしていて、しかもマンションのローンを「ゆとり」（※）と選択してしまったおかげで来月からローン返済が2倍になって、さらに夫はリストラされて、そんなこんなで闇金の支払い期限が今日で、今日支払わないとソープに沈めるぞ、と脅されていたら。……そんな状態だったら、ここで管理会社の担当をだまくらかして通帳と印鑑をまんまと懐に入れて、「今だけよ、今だけ、ちょっと貸して。必ず、穴埋めするから！」などといいながら公金に手をつけ、その穴埋めのために、新たな犯罪に手を染め……、などと、まるで松本清張の小説に出てくるようなシーンを妄想していた私でした。

でも、幸い、私は一人暮らしで借金もなく、ローンも「ゆとり」を選択してませんので返済額も変わることなく、とにかく私一人食べていければどうにかなりますんで、松本清張アワーな妄想も、すぐに泡と消えました。

で、帰宅すると、先日、面接に行ったところから、アルバイト採用の電話がありました。が、「やったー」と心から喜べないのが本音でして。

いや、その職場、ちょっと……いえ、かなりマニアックな業界で、おおざっぱにいえば、芸術・芸能関係なのですが、とてもじゃありませんが私は門外漢、なので、採用されるとも思ってなかったので、とても複雑な心境です。

私に、勤まるんでしょうか？

いや、でも、ようやくもらった、採用通知。それに、税金も払わなくてはいけませんので、とりあえず、頑張ってみます。

それに、小説のいいネタになるかもしれないし。

……でも、やっぱり、心配。私の病気（十二指腸潰瘍）が悪化しないことを祈りつつ。

※　ゆとり返済（別名ステップ返済）のこと。簡単にいえば、返済の先送り。住宅金融公庫（現在は住宅金融支援機構）が採用していた住宅ローンの返済方法で、最初の5年間は返済額を少なくし、6年目から返済額が上がる仕組み。11年目からはさらにさらに返済額が上がり、地獄を見ます。なにしろ、最初の返済額のほぼ2倍に跳ね上がるんですから。

終身雇用と定期昇給が当たり前な時代ならまだしも、バブル崩壊後は、自己破産の温床にもなりました。それでも利用する人は多かった。目の前の、低い返済額につい目がくらんでしまうんですよね……。

あまりに問題が多かったため、2000年に廃止されています。

◆ママ、本物のママに会いたいの！◆09/07/27

チケットをいただいたので、バレエの公演に行ってきました。

ああ、バレエ。私と同世代の女子ならば、その響きには特別なものがあるはず。学年雑誌や少女漫画雑誌には、必ず「バレエ」をテーマにした作品が連載されていたものです。「母探し」というオプション付きで。

私が読んでいたのは、学年雑誌に掲載されていた、「まりもの星」。(※)

お父さんは外国に行ったまま行方不明、元バレリーナのお母さんも失踪中でしかも記憶喪失、残されたのは、ヒロインなでしこちゃんと幼い妹れんげちゃん（ちなみに、お母さんの名前は〝ききょう〟さん）。なでしこちゃんは母を探しながら、険しいバレエの道を突き進みます。なでしこちゃんは、お母さんのような世界的なバレリーナになれるんでしょうか？

……しかし、私がこれを読んでいたのは小学1年生でしたので、なでしこちゃんが果たして立派なバレリーナになったのか、そしてお母さんと再会できたのかは、まったく覚えていません。というか、ストーリーにはほとんど興味がなくて、ひたすら、バレエのコスチュームを追っていたのでした。付録に「着せ替えなでしこちゃん」なんていうのがあった日には狂喜乱舞、自分でバレエのコスチュームを追加で作ったりして、寝食忘れて没頭していました。

一方、テレビでは、「赤い靴」というバレエ根性ドラマが放送されていました。ヒロインは小田切美保。母の形見の赤いトゥーシューズを胸に、母の友人が経営するバレエ団で、靴に画びょうを入れられたりコスチュームを破られたりしながら健気（けなげ）にバレエに打ち込むお話でした。これは実写でしたので、もう、それはそれは萌（も）え萌（も）えでした。瞬きも忘れて、夢中になってテレビを見ていたものです。ひたすら、あのきらびやかなコスチュームとトゥーシューズに萌えまくっていました。ドラマが終わると、学校で使用する上靴を取り出して、つま先にティッシュを詰め込みトゥーシューズにしてみたり。

ああ、あたしもバレリーナになりたいわ！　そして、あのひらひらピカピカのコスチュームを着るのよ！

私の迸（ほとばし）る思いはもう抑えることはできません。私はあるとき、母にお願いしてみました。

「バレエを習わせて！」

はじめは一蹴(いっしゅう)されたのですが、泣いて騒いで家出までして、とうとう「分かった。分かった」と、母の承諾を得ることに成功しました。

そして、連れて行ってもらった、教室。そこは「お習字教室」でした。

え？　なんで？　と戸惑う私に、

「あれー、先週まではバレエ教室だったのに。おっかしーなー。でも、せっかくだから、お習字教室に通いなさい。そのうち、バレエ教室に戻るかも」

と、母は、つっこみどころ満載の嘘を言い放ったのでした。

もちろん納得がいかなかった私は、「なら、せめて、バレエの公演に連れて行って！　本物が見たいの！」と、次なる願いをぶつけてみました。

「でも、バレエって、思ったほどおもしろくないってよ、つまらないって、みんな寝ちゃうって」と、ネガティブキャンペーンを繰り出す母でしたが、私はまたしても、泣いて騒いで家出までして、とうとう「分かった。分かった」と、今度こそ、母の承諾を得ることに成功したのでした。

そして、数週間後、連れて行ってもらった公民館。それは「橋幸夫ワンマンショー」でした。

え？　なんで？　と戸惑う私に、

「あれー、先週まではバレエの公演やってたのに、おっかしーなー（以下略）」

と、平然と言い放つ母。

この人はどうしてここまで、私をバレエから遠ざけようとするのかしら。はっ。もしかして、この人は私の本当のママではなくて、本当のママは世界的なバレリーナで、でも、なにかの理由で本当のママと私は引き離されて、この偽ママに預けられたんじゃないかしら。そうよ、私と本当のママが出会うとまずいから、この偽ママは、私からバレエを遠ざけるのだわ！

……などと、妄想を繰り広げていた幼い日々。その手には、お習字の筆。

でも、まあ、今考えると、母のあの頑（かたく）ななまでの態度は、言うまでもなく、金銭的なことでしょう。バレエ関連は、お金がかかりますから。

で、私が、バレエの生公演をようやく見ることができたのは、もうかなりいい大人になってからでした。

経済成長期とか消費世代とか言われる景気のいい時代に育ちましたが、庶民にとっては、バレエは長らく高嶺の花だったのでございます。

※　小学館が発行している「小学〇年生」シリーズには、恐ろしいトラップが張られています。
年齢詐称が一発でバレるというトラップです。

私が読んでいたのは「まりもの星」ですが、これは、１９６４年度生まれの人を対象にした漫画でした。つまり、１９６４年度生まれの人が小学1年生になり「小学一年生」を購入するのに合わせて、連載を開始していたのでした。同じように、１９６２年度生まれの人は「さよなら星」、１９６３年度生まれの人は「かあさん星」、１９６５年度生まれの人は「バレリーナの星」、１９６６年度生まれの人は「ママの星」というのを読んでいたはずです。

つまり、このバレエシリーズ、同学年の人しか共有できないひどく狭いブロック世界の中で展開されていたのでした。なので、同じバレエシリーズでも、学年が違うとまったく知らないという現象が起こります。私も、「さよなら星」とか「かあさん星」とか、調べるまで知りませんでした。

ちなみにバレエシリーズは「小学三年生」まで。低学年用のコンテンツだったんですね。

同じく低学年のコンテンツとして「ドラえもん」も連載されていたのですが、これは確か、共通の作品を各学年誌で共有していたはずなので、バレエシリーズほど明確な学年ブロックはありません。

……ということで、どのバレエシリーズを読んでいたかによって同時に年齢も明らかになるという恐ろしい仕組みなのです。

これを利用して、なにかミステリー小説が書けないかな……と模索中。年齢詐称していた犯人が、ぽろっと口にした「まりもの星」という言葉。これをきっかけに、犯人の嘘まみれの人生が明らかになり……。みたいな（笑）。

ちなみに、バレエシリーズを描いていたのは、「谷ゆきこ」という漫画家さんです。下敷きや筆箱などでもおなじみの人でした。私も下敷き、持っていました。絵柄を見れば、「あっ」と、思い当たる人も多いはず。

◆押入れの中には……◆09/08/19

その昔、押入れで、不思議な物体を見つけたことがあります。

幼稚園に行っていた頃だから、たぶん、昭和45年とかそのあたり。

「うなぎの寝床」と揶揄されるような、長屋アパートに住んでおりました。あの時点で、築50年は経っているような古さと格式で、梅雨になると無数のナメクジが壁にペイズリー模様を描く、そんな6畳一間の古いアパートに、私は母と二人で住んでおりました。

いわゆる母子家庭というやつで、当時の母子家庭の（手に職がない）母親の多くがそうしたように、私の母も水商売の世界に身を置き、夜な夜な髪を高く盛り、着飾って仕事にでかけておりました。私はというと、6畳一間に一人留守番、という環境でした。

母が奮発して買った家具調カラーテレビ（※）のおかげで、寂しいということはありませんでした。隣の住人の声や生活ノイズもよく聞こえてましたので、一人という感覚ではなかったんでしょうね。

母が仕事にでかけたあと、母が頼んでおいた中華屋のチャーハンが届き、それを食べながらテレビを見て、チャーハンのお皿もそのままにひたすらテレビを見続け、夜の10時頃にそのままごろりと横になる。そういう生活でした。テレビが楽しくてしかたなかったので、そんな生活がむしろ、誇らしくもありました。

ただ、時折、ものすごく退屈な瞬間がありました。どのチャンネルもニュースばかりやっているとか、野球ばかりとか、そんなときです。

そういうときは、押入れ探検がはじまります。柳行李の中から母の古い洋服やドレスを引っ張り出しては、ファッションショーをやっていました。

で、あるとき、いつものように押入れを探っていますと、変なものを見つけました。それは、見つかってはいけないものを隠すように、風呂敷に包まれていました。その隙間からのぞいてみますと、なにか、革のベルトのようなものが見えました。大小の革ベルトとバネの塊。大リーグボール養成ギプスのような。引っ張り出してよくよく観察してみたかったんですが、それをやってバレたら大変なことになりそうな予感がして、私はそれを、元あった場所に押しやりました。

あれは、なんだったんだろう……。気になりましたが、詮索してはいけないと好奇心を封印しました。

なにしろ、母は、何人か怪しい男性と付き合い、その中には明らかにチンピラもいたりしましたから、子供心にも危ない気配を感じることが多く、当時の子供の何倍も空気を読むのに長けていた私です。空気を読みすぎて、それがいつしか妄想になってしまうわけですが。

……なにかのプレイの道具なのだろうか？　それとも、なにかの武器？　それとも、拷問用具？

いずれにしても得体の知れない恐怖に取りつかれた私は、それ以来、押入れを開けることさえ怖くなり、襖に手をかけることすらしなくなりました。母の横顔を盗み見ては、母の恐ろしい側面を想像して、震えておりました。

成長してからも時折そのことを思い出し、しかし、なぜか母親には聞けず、記憶の隅で種火のようにくすぶっておりました。

さてさて、これは、つい数年前のことです。

近所で古書祭りというのがありまして。ふらりと行ってきました。昔の雑誌や漫画を手当たりしだい物色していますと、昭和40年頃に発売された芸能雑誌に、見覚えのあるものを見つけました。

なんと、あの、大小の革ベルトとバネの塊です！

それは広告ページでした。キャッチコピーは「身長がみるみる伸びる！」。

そのページには使用方法も紹介されていて、脚と柱にその器具を取り付け、力ずくで脚を引っ張るという、なんとも微笑ましいほど原始的な道具でした。

思えば、母は通信販売が大好きで、昔からいろんなものを買っては、そのまま放置していました。金魚のように体をくねくねさせる器具とか、ぶらさがるやつとか。

まあ、恐怖の正体とは、そんなものです。

あ、恐怖といえば、その古いアパートに住んでいた頃、もうひとつ不思議なことがありました。その出来事は、いまだに未解決のままです。

それは、また、いつかの機会に。

※　その家具調カラーテレビ、のちに、16万2０００円だったことが判明。昭和47年当時でこの価格！

大卒男子の初任給が5万2700円の時代に！

いったい、どうやって母は手に入れたのか。

なんでも、馴染（なじ）みのお客に某メーカーの社員がいて、彼を介して破格のお値段で購入したんだとか。

でも、その客と店外デート（お店が休みのときに客と会うこと）でドライブしているとき、まさかの交通事故。ホステスと同乗しているのがバレたらヤバイと思ったのか、車から降ろされた母。血まみれのまま自力で病院に行ったんだとか。

そのときの口止料（？）と慰謝料代わりに、テレビ代はちゃらになったんだとか。

◆またまた、やってしまいました◆09/08/21

曇っているし、風もあるし、ちょっと蒸し暑いけど、大丈夫よね？　と、散歩がてらちょっと遠方のスーパーまでお買い物に行きました。

それまでは、なにもかも順調でした。でも、買い物を終えて帰る途中、なにかいやーな予感が。体中の力が抜けて軟体動物のような状態に。いわゆる千鳥足という歩き方になって、どう頑張ってもまっすぐ歩けない。しかも、ディスプレイが壊れていくように、徐々に視界にモヤがかかり、無数のフラッシュが点滅し、風景がモザイク模様になったかと思ったら、暗転。

倒れました（笑）。

しかし、意識はちゃんとあり、こんな道端で倒れていたら恥ずかしいと、這うようにマンションの日陰に入り座り込みました。

ぶっちゃけ、電車のつり革にも触れない潔癖症な私です、普段は、ベンチにも座りません。そんな私が、地べたに座り込むというのですから、かなりのものです。というか、1ミリも体を動かせない状態。完全に電源が落ちた状態になりました。真っ白に燃えつきた矢吹丈をご想像ください。

そんな私の横をのんきに通り過ぎる選挙カー。「○●党の△×です！」という連呼。○●党の△×さんにだけは、絶対投票しないわ！ と、かすかに残った理性で誓った私でした。で、30分ぐらいはその姿勢のまま固まっていた私ですが、もう本当に死にそうで、このまま動けるとも思えなかったので、救急車を呼ぼうと。生まれて初めての体験です、救急車なんて。

でも、呼びたくても、携帯にも手が届かない状態。まさに部分麻酔で体の自由を奪われた状態で、意識は辛うじてあるのに、体がまったく動かないもどかしさ。それでも、なんとか頑張って携帯を引っ張り出したのですが、ああいうときって、咄嗟に思い浮かばないものですね、「119」が。「114」を押してみたり、「177」を押してみたり。たぶん、相当、意識が朦朧としていたんだと思います。で、ようやく思い出した「119」。しかし、それを押す前に、「つか、ここはどこよ？　住所を聞かれたら、どうすれば」と。自宅の近所であることには間違いないのですが、それが具体的にどこかが分からない。完全に、頭、おかしくなっています。

そんなこんなで、携帯を握りしめたまま、またその場に固まった私です。哀れなレジ袋が、足元にからみつきます。せっかく買ったアイスクリーム、せっかく買った冷凍食品、どろどろです。ああ、こんな格好で、こんな道端で、私死ぬの？　と思った瞬間、「ダメ、死ねない、こんなパンツでは！」と、いきなり、明瞭な意識が戻ってきました。

なにしろ、そのときはいていたパンツは、ちょっとゴムが緩んだ、3枚500円の安物、裾もちょっとほつれています。捨てよう捨てようと思いながら、あと1日あと1日、はいてきた、年季の入った代物です。こんなものをはいたままで死ぬわけにはいかないわ！

ということで、なんとか立ち上がり、命からがら自宅に戻ったしだいです。今の今まで横になっていましたが、どうやら、回復した模様。

しかし、今年の夏は、これで2回目だわ、パンツに救われたのは……。

◆料理天国◆09/09/04

慢性の金欠病に悩む私ですが、2週間に一度の割合で、贅沢(ぜいたく)を許しています。その贅沢とは、近所のフレンチレストランで、1680円のランチを楽しむことです。小さなレストランですが、野菜とパンがとてもおいしいんです。オードブルもメインもとてもボリュームがあり、1日分のカロリーと栄養を一度でとることができます（実際、そのフレンチランチをとった日は、その1食で済ませます）。

しかし、いい世の中になったものです。普段着で、しかも一人で、予約もなしにふらりと気楽にフレンチが楽しめるなんて。昔のフレンチといえば、それこそ一大イベント。何日も前から予約をして、おめかしして、電車に乗って、わざわざ行くものでした。

イタリアンとかフレンチとかが、カジュアルにそしてリーズナブルに楽しめるようになったのは、やはりバブルという時代があったからでしょう。バブルというと時代のあだ花というイメージですが、それまで庶民にはなかなか手の届かなかった文化の裾野を広げてくれたという意味では、それなりに価値のある時代だったと思うのです。

私がはじめてフレンチを体験したのは、お恥ずかしいことに、社会人になってからでした。同僚の結婚式の披露宴。しかし、残念ながら、あまりおいしいとは思いませんでした。期待値が高すぎたせいかもしれません。

なにしろ、小学生のころから、フレンチのコースを妄想していた私です。図書館で借りたテーブルマナーの本と、フランスの旅行ガイドを繰り返し読んでは、フレンチを食す自分自身をシミュレーションしていました。

その頃の、最大の楽しみは、「料理天国」という番組です。

土曜日の夕方6時、TBS。芳村真理と西川きよしが司会の料理バラエティです。料理番組というと、それまでは「キユーピー3分クッキング」や「きょうの料理」のような家庭料理のテキスト的なものだったのですが、この「料理天国」は、後の「料理の鉄人」や「どっちの料理ショー」の元祖というべき、画期的な番組でした。

なにしろ、30分という時間の中に3つの企画（ゲスト3人がテーマに沿った料理を作るコーナーと、ゲストのお気に入りのお店を紹介するコーナー、そして世界の料理を再現するコーナー）が盛り込まれた、なんとも贅沢な作りだったのです。特に、辻調理師専門学校のシェフたちが作る世界の料理の豪華なこと！　その料理を惜しげもなく食べる龍虎が恨めしかったのなんの。小学生の私は、ただただ、「羨ましい」という一点だけで、龍虎さんを憎んでおりました（笑）。だって、ブラウン管の中で龍虎さんが食べている料理と、実際に私の目の前にあった卓袱台の夕食の、あまりにあまりな格差。あちらが「料理」なら、私が食べているのは「餌」。

いつか、いつか、龍虎さんを追い越してやる！　そんな無謀な野心をメラメラと燃やしていた、小学生の私でした。

その野心は、やがて、ヨーロッパ（特にフランス）への憧憬へと変化していきました。なにしろ、龍虎さんがおいしそうに食べている料理は、圧倒的にフレンチが多かったものですから。手始めに、フランスのガイドブック、そしてフレンチのテーブルマナー本。さらに、フランス映画、フランス文学、ついには、フランスの歴史へと興味の対象は次々と広がっていきました。

そもそも、物心ついたころから百科事典が大好きで、その中でも「歴史の巻」を愛読していた私でしたので、「歴史」を繙くのは自然なことではありました。しかし、その行為に「憧憬」という感情がオプションとしてついてしまったことで、私は、小学生にして、「歴史おたく」の道を歩むこととなったのです。しかも、政治・経済の側面から見る表の歴史ではなく、「風俗」という側面から見る歴史です。

気がつけば、いつのまにか、変な本ばかりが増えていました。いわゆる「歴史書」というのはあまりなく、「猥褻画の歴史」とか「拷問の歴史」とか「下着の歴史」とか、そんなのです。本屋で、「これは！」という本を見つけたら、それがどんなに高価なものでも、即行で買ってしまいます。

いつか、これらの本を参考文献にした小説が書きたい！　ずっとずっと、そう思ってきました。

そう、18世紀のパリを舞台にした、たぶん、今まで誰も描いたことがないような、庶民と風俗をテーマにした小説を！

……実は、今、進行中です。うまくいけば（うまくいってください！）、私の悲願が、来年には形になるかもしれません。

追記。

あ、そういえば、今思い出したのですが、私のフレンチ初体験は、高校生の頃、学校の行事の一環だった、「テーブルマナー」の授業でした。箱根の某有名老舗ホテルのレストランで、正式なコースを体験したのでした。

授業だけあって、アユの丸焼きとか、皮つきリンゴ丸ごととか、一癖も二癖もある難関素材が次から次へとやってきて、味なんてまったく覚えていません。

ちなみに、皮つきのリンゴ丸ごとをフォークとナイフで食べるなんてシチュエーション、あのテーブルマナー以来、一度も巡り合っていません。あの授業が実用性のあるものだったのかどうか、いまだによく分からないままです。

◆集大成◆09/09/15

「メフィスト賞、受賞しましたよ」というお電話をいただいたのが、2004年。そして、実際にデビューしたのが2005年。もう、丸4年が過ぎ、5年目を迎えています。

いまだ作家という自覚はなく、フリーターという肩書のほうがぴったりな私は、今日もアルバイトでくたくたです……。もう本当、体力がみるみる落ちています。視力も。

どうやら、老眼というやつが訪れたようです。メガネをしていると近くのものが見えづらく、メガネをオデコにずらすこともしばしば。そんな自分の姿が映ったガラス窓を見て、「どこのお爺(じい)さんだよっ」と泣き笑いしてしまいました。なるほど、お爺さんが眼鏡を外したり、頭に差したり、オデコに持っていったりしているのは、こういうことなのか……と。

アルバイトでくたくたですが、12月に発売予定の小説の原稿にも追い込みをかけています。

この小説は、私の4年の集大成というべき作品で、デビュー作から前作までの小説のエッセンスをぎゅっと凝縮。私の今までの作品がこの世からなくなっても、この作品があれば、「あ、真梨幸子ってこういうのを書いていたんだ」と分かるような1冊です。その分、正直、ちょっとハードなハードルがいくつかあるのですが、捨て身で頑張ってみます。メガネをオデコに差しながら。

◆リトル・プリンセス◆09/10/25

この秋の連続ドラマは、なかなかの収穫です。私の必見リストに載ったのは、「相棒」「不毛地帯」「行列48時間」「アグリー・ベティ　シーズン3」、そして「小公女セイラ」。

「小公女（リトル・プリンセス）」といえば、往年の大映テレビの元祖のような、少女の流転物語。見どころは、やはり、大富豪の娘から一転、無一文のみなしごになった少女に対する、周囲の強烈な手のひら返しでしょうか。この手のひら返しが、まさに、「小公女」のテーマであるともいえます。

いわゆる一発屋と言われる人たちも、もれなく、この壮絶な手のひら返しを経験しているようです。

武田鉄矢さんがその昔、「母に捧げるバラード」で紅白歌合戦に出るほどブレイクしたあと、一気に落ち目のどん底に突き落とされたとき、この手のひら返しを味わったそうです。そして、「このどん底を、しっかり見ておこう。このどん底にこそ、人間の本性がある」みたいなことを思ったんだそうです。

さてさて、リトル・プリンセスといえば、私もかつて、プリンセスだった時期がございます。

母親が、地元で一二を争う有名キャバレーのナンバーワンホステスだったおかげで、物心ついた頃から、母が勤めるキャバレーのホステスさんたちにちやほやされ、母のボーイフレンドたちに甘やかされ、お小遣いもたんまりもらい（小学3年生で、20万近い貯金がありました）、欲しいものはたいがい買ってもらい、食事だって食べたい物を食べたいだけ食べ、スキヤキだって、おでんだって、私専用の鍋で私一人で食べ、テレビだって見放題、漫画も読み放題、服だって選び放題、それにどういうわけか子供の頃は他の子よりちょっとだけ勉強もできたものですから先生からも可愛（かわい）がられ、近所のおばさんたちからもよくしてもらい、とにかく、王女のように扱われたのでした。縦のものを横にもしない、というのは、まさに私のことです。例えば、テーブルに水をこぼすと、「ね、拭いて」と、母を呼びつけて拭かせるような超我儘ぶりでございました。

そりゃ、住んでいたアパートは劣悪で、バレエ教室にも通わせてもらえず、バレエ公演の代わりに橋幸夫ワンマンショーを見るハメにはなりましたが、それ以外は、本当に何不自由なく暮らしていたのでした。

なにしろ、6畳一間の長屋アパートだったにもかかわらず、シルクの高級絨毯、最新の家具調カラーテレビに冷蔵庫にステレオ、シャンデリアのような照明、ロッキングチェア、そしてバカでかい水槽の中には珍しい熱帯魚。成金富豪の豪邸の中身をきゅっと凝縮したような部屋でございました。

まさに、我が世の春。

だから、気づかなかったのです、忍び寄る悪意に。

それは、小学3年生。「地球は私のために回っている」と、お花畑全開な私は、いつのまにかできていたクラスの派閥というものに気がつかないでいました。派閥といっても、下校するときのグループなんですが、その中でも最大派閥に、私はいつのまにか所属していました。所属している自覚もないまま、毎日一緒に帰っていました。本当は一人で帰りたかったのですが、グループで下校するのが決まりだったので、しかたなく、みんなのあとにくっついていたのです。でも、グループのみんなと会話をした記憶はありません。たぶん、私お得意の妄想を繰り広げ、一人、にやにやしていたものと思われます。今でいう、不思議ちゃん系でした。

が、その頃から、頻繁に、ものがなくなったり、壊れたりしました。覚えているだけでも傘、筆箱、下敷き、ノート、手鏡などなど。どれも、他の子は持っていないような、ちょっと変わったもの……ぶっちゃけお高いものでした。例えば、ロックダイヤルつきの筆箱とか。当時はまだ珍しかったワンタッチの傘とか。

あと、よく怪我(けが)をしました。どういうわけか服もよく汚れました。ドッジボールではよく標的にされましたし、話しかけても誰も答えてくれないことも多々ありました。その反対に、ちょっとしたことで笑われることが多くなりました。

でも、私は、まったく気づいていなかったのです。

担任の先生に呼び出されて、「幸子さん、あなた、いじめられているの？」と言われるまでは。

「え？」

イジメというのもよく分からなかった私です。きょとんとしている私に、先生はさらに続けました。

「××さんと◎◎さんが、先生に教えてくれたんですよ、幸子さんが▲▲さんにいじめられているって」

××さんも◎◎さんも▲▲さんも、下校グループのメンバーです。言われてみれば、▲▲さんは下校グループのリーダー格で、クラスでの影響力も大きく、彼女の言動がグループ、及び教室の空気を作っていたようなところがあります。

いやいや、それにしても、まったく気がつかなかった！

が、あとで聞いた話だと、このいじめは学校でかなりの問題になり、××さんと◎◎さんの証言によると、とても直視できないものだったので、先生にチクったのだとか。

でも、まったく、記憶がない……。どこかで記憶を消されたか？

一方、▲▲さんは、先生にかなりの制裁を受けたようで、そのあと、別人のように私に優しくなりました。優しくなったというか、媚(こび)を売ってくるというか。特に先生の監視の目が光っている場所では、もう痛々しいほど、私を褒めちぎるのです。

覚えているのは、「シューベルトが好きな食べ物はなーんだ。シューマイ！」という、ダジャレにもなっていない自作のナゾナゾ（当時私は、バカみたいにナゾナゾを創作してはそれを答えとともに披露して、周囲にウザがられていました）に、▲▲さんは、「すごい、すばらしい、こんなすごいナゾナゾ、聞いたことない！　幸子さんは天才だ！」と、一歩間違えれば褒め殺しのような大絶賛をしてくれたことです。他のクラスメイトも拍手喝采。我ながら微妙なナゾナゾだと思っていましたので、あのときのバツの悪さは、いまだにときどき思い出します。

そんなこんなで、影響力の強い▲▲さんのバックアップのおかげで、私は、いつのまにか「クラスの王女」になっていました。私がやることなすこと、みんなが絶賛してくれます。いや、これもまったく、自覚がないんですが……。というか、今思えばピエロじゃないか？

まあ、いずれにしても、怪我をしたりものがなくなったりすることもなくなり、そして、幸子さんは幸せに暮らしましたとさ。めでたしめでたし。

が、人生には、いつ節目というのがやってくるのか分かりません。

プライベートでもクラスでも王女となった私ですが、その期間は短く、転落はあっというまでございました。

母がなにをやらかしたのか、夜逃げ同然で引っ越し。母は別人のようにヒステリックになり（本当に別人になったのかと思っていました）、出てくる食事もモヤシの野菜炒めか玉ねぎだけのお味噌汁。漫画を買うのも制限され、家具調カラーテレビも壊れ中古の小さなテレビに格下げ、服も着たきりすずめになりました。とにかく、母はいつでもイライラし私を叱り続け、家に居づらい私は当てもなく駅の改札口に行っては、いったい誰を待っていたのか、何時間もぼんやりと人の往来を眺めていたものでした。

さらに、引っ越し先の方角がよくなかったのか、私は強度の神経症にかかり、頭髪の半分以上は白髪に。それまでの天真爛漫（らんまん）というかおバカで鈍感でお花畑な性格が一転、ありとあらゆるものが素手で触れなくなるという超神経質な子供となってしまったのです。その延長で十二指腸潰瘍にもなり、いまだに続く胃痛との戦いが始まるのです。そのせいか、表情も著しく変わりました。

それは、久しぶりに会った人が、私を私だと気がつかないほどの激変ぶり。私はこの時期を境に、プリンセスとは程遠い性格と個性を身につけていくのでございます……。

◆ゴミ問題の意外な原因◆09/11/23

風邪をひきました。

こんな本格的な風邪は、何年振りでしょうか。

ヘルペスも大活躍、顔下半分が、大変なことになっています。

それでも、ゴミを捨てに行かなくてはならないと、だるい体をひきずり頑張って朝起きたのに、収集車は行ってしまいました。

8時32分。2分、遅かった……。

さて、先週でしたか、NHKで、「ゴミ屋敷・ゴミマンション」問題を取り上げていました。

どうも、増えているらしいのです。

ワイドショーの格好のネタ、ゴミ屋敷は、今となっては、特殊な人の専売特許ではないのだと。普通の人々も陥る可能性がある問題なんだとか。

で、訳知り顔のなんちゃらコメンテーターというおっさんが出てきて、「これは、自己責任、格差社会のひずみが生んだ社会問題です」とかなんとか分析していましたが、それ、無理矢理すぎませんでしょうか。「アンチ格差社会・アンチ自己責任」がトレンドとはいえ、なんでもかんでも結びつけるというのは、あまりにも短絡的と申しますか。

番組で紹介されていたゴミ屋敷・マンションの住民は、数十万円から100万円もの大金をつぎこんでゴミの処理を業者に依頼できるほどには、生活に余裕がある人々でした。少なくとも、ワーキングプアな人々でも底辺社会の人々でもありません。そもそも、底辺な人々に、あんなにモノを買うお金はないでしょう。

実際、ゴミ屋敷・ゴミマンションの原因のひとつに、買い物依存症というものがあり、買い物依存症に陥る人は、ある程度財力がなければできません。借金するにしても、借金できるだけの下地が必要なわけですし。

あと、なんちゃらワーカーという人も出てきて、「現在社会の孤独」を原因に挙げていました。また、それですか……と、ちょっとうんざりとした気分になりました。

自己責任、格差社会のひずみ、孤独。まあ、なんとも、便利な言葉です。とりあえず、これを言っておけば社会を語ったことになるという、魔法の言葉でございます。

どうして、「ルールの厳格化」というのが、ゴミ屋敷・ゴミマンションの原因に挙げられなかったのでしょう。

私の個人的な印象ですが、ゴミ屋敷・ゴミマンションの原因のひとつに、ゴミを出すルールの厳格化というのがあると思います。

ゴミの分別がはじまって久しいのですが、このルールがはじまったあたりから、ゴミを溜め込むフツーの人々が増えていったんじゃないかと。

ゴミ屋敷・ゴミマンションの住人は一人暮らしが多いということですが、一人暮らしで孤独だから、その孤独を埋めるためにゴミを溜めて……みたいな流れよりは、一人暮らしで仕事に忙しく、ゴミをきっちり分別する暇も捨てるタイミングも合わず、気がつけば部屋はゴミだらけ……という流れのほうが自然な気がします。

一人暮らしですと、とにかく、ゴミを捨てるというのが案外負担なんですよ。

特に、私みたいに夜型の人間ですと、ゴミを出さなくちゃいけない時間までに起きるのがどうしてもキツくなる。

残業が多く、家には寝に帰るだけの生活スタイルの人も同様だと思います。

特に、ゴミの分別は、相当な難関です。ゴミを分別することじたい大変なのに、それを捨てる日が細かく限られていて、そのタイミングを逃してしまうと、次の収集日は来月……みたいな。

私もそうやって、なかなか捨てられないゴミが、いくつかあります。そのひとつが電池や電球類なのですが、なんと、前に住んでいたところでもなかなか捨てられず、今のところに引っ越したときに運んできたゴミで、もうかれこれ10年にはなります（笑）。笑いごとではないんですけどね。

冷蔵庫の中には、容器と中身がすでに一体化してしまったような得体のしれないかつての食品もいくつか鎮座しています。いつか、中身を取り出して分別して捨てようと思っているのですが、容器を開けるのが恐ろしくて……。

リサイクル法ができてからは、さらに捨てられないゴミが増えました。

壊れたパソコン、ディスプレイ、ワープロ……それらが部屋の一角を占領しています。


こういうことが積もり積もって、ゴミ屋敷・ゴミマンションになった例は多いと思います。一度ゴミだらけになると、それに慣れてしまって、というか、手に余ってしまって、どうにもできなくなる。それで、投げやりになり、放置してしまうんですよね。

つまり、ゴミ屋敷・ゴミマンションの住民は、基本的にいい人なんだと思いますよ。少なくとも、不法投棄したりルールを破ってまでゴミを捨てようという考えには至らない人々。

それは、つまり、問題を一人で抱え込んでしまう人でもあるということです。

今のゴミ出しのルールは、早寝早起きで規則正しいきっちりとした生活を営んでいる人を基本にしていますが、そのルールでは従いたくても従えない人たちもいるんです。

なのに、世の中は、厳格化・脱無駄化、なにがなんでもエコの流れです。


それにしても、今日出しそびれたゴミ、……はあ、なにか憂鬱（ゆううつ）です。

◆少子化と更年期と◆09/11/27

少子化ね……。

私が小学生のころ、学校の先生は言いました。

「今、日本の人口密度は世界的に見ても高すぎる。このままいくと、深刻な食糧危機で、日本は滅亡する。だから、子供はあまり産まないこと」

その教えを守って（というわけではありませんが）、子供を産まなかった私ですが、いやいや、しかし、ここに来て「少子化で日本は滅亡する」って……。

どうも、滅亡論が好きな人が多いようで。

もうね、なるようにしかなりませんから。

どうせ、今の少子化だって、結局のところ、経済的な観点でしかみてないわけでしょう？

子供が減ると、年金その他諸々（もろもろ）のシステムが崩壊すると。

だからといって、昔のようなペース（5人、6人兄弟があたりまえ）で子供が増えたら、それはそれで、問題続出だったわけで。実際、日本の歴史を繙くと、「移民」を放出するという方法で、数多くの国民を棄民してきました。

そうそう、昨日のテレビで、フランスの少子化問題が児童関係手当で解消したというような番組をやってましたが、これも、数字の妙ですね。フランスは、少子化が顕在化した頃から移民を積極的に受け入れ、その移民たちが出生率に貢献しているんです。でも、その移民で新たな問題続出。そういうところを無視して、都合のいい数字ばかり紹介するのは、もういい加減、どうなんでしょう。


ということで、もう12月ですね……。

今年も、あっという間に過ぎていきます。

後年、２００９年という年を思い出すとき、なにがフックになるんでしょう。

以前は、流行歌や事件などをフックに、その年を記憶してきましたが、どうもここ数年、そういうフックがなくなってきているような。

どの年も、同じようにしか思えない。

これは、老化の一種なんでしょうかね。

新陳代謝とも関連しているのでしょうかね……。とにかく、時間の感覚も季節の感覚も、平坦（へいたん）になってきました。

なのに、イライラは止まらない。このイライラは、思春期のそれより、深刻です。

そう、更年期ってやつです。

ホルモンのアンバランスが原因ということでは思春期と同じですが、思春期の悩みが「屁」に思えるほど、この更年期のモヤモヤは相当なものです。

この時期、たぶん、自殺者も暴走する人も、思春期の若者より多いと思います。

なのに、あまり問題にされない、取り上げられない。

映画も小説も歌も、もっぱら、若いモヤモヤばかりです。

更年期のほうが、何百倍もヤバいのに！

ということで、近々発売されるであろう新刊は、「女性の更年期」に真っ正面から挑んでみました。

10代のダークサイド、アラサーの焦り、アラフォーの不安、そんなものがぶっとぶほどの「更年期」の実体を描いてみましたが。

一回り年下の担当さん（女子）は「実に面白い！」とおっしゃってくださいましたが、さてさて、どうなんでしょうか？

実際、更年期に片足を突っ込んでいる私は、悪い方向にばかり考えてしまって、もう毎日、死んでしまいたい気分です。

◆笑う門にはなにがある？◆10/01/13

久しぶりに、映画「薔薇の名前」を見ました。

ということで、今日のテーマは、「笑い」です。

その昔、キリスト教の聖職者たちは、「笑う」ことを禁止されていたそうです。

なぜ？　「笑い」って、平和の象徴ではないの？

だって、ほら、「笑いの絶えない社会を目指そう」とかいうじゃない。

いや、しかし、「笑い」という行為を分析してみると、キリスト教が「笑い」を禁止したのも頷けます。


ところで、私、「8時だョ！全員集合」が嫌いでした。

もっといえば、ドリフターズが苦手でした。

タライが降ってきたり、食べ物を投げつけたり、すべったり転んだり。

ひとつもおもしろくないどころか、不愉快でした。

だって、クラスの男子が真似するから。

「ちょっとだけよ」「あんたも好きね」と、スカートを捲(めく)られたのは1回や2回じゃありません。

コント55号も好きじゃありませんでした。

欽ちゃんにいじられてばかりのジローさんがかわいそうで。

「金曜10時!うわさのチャンネル!!」に至っては言語道断。

ブラウン管の中での出来事なら、まだいいんです。

なにしろ、芸人はプロなわけですから、それを生業(なりわい)にしているわけですから。

でも、それをクラスで再現する場合、「犠牲者」が必要なんです。

プロでもなんでもない、素人の「犠牲者」が。

それは、違う角度からみれば、「いじめ」となります。

そう、「笑い」とは、残酷なものなんです。

その「笑い」が多ければ多いほど、長生きにつながるという報告もあるそうです。

昔の人は、笑う門には福来る、とまで言い切ってます。

人間って、つくづく、残酷な動物です。

「笑いがあふれた世界」というのは、つまり、「残酷な世界」ということです。

さて、「笑い」というのはドリフのような体や下ネタやリアクションで勝負する体当たり芸ばかりではありません。

たぶん、ドリフのような笑いは、男子向けのような気がします。

思えば、当時の少年漫画誌に載っていた「がきデカ」とか「まことちゃん」とかも、ドリフ系。私にはまったくおもしろくなかった。

夢中になって読んでいる男子の気が知れませんでした。ドリフブームと入れ違いのようにブームになったのが、「漫才ブーム」。

いわゆる、「しゃべり」で勝負する芸です。これは、女子に人気があった。

ドリフにはまったく関心がなかった女子も、漫才の話題なら喜んで食いついてきた。

私も、高校時代、なにかの催しで「漫才」をやり、かなりウケました。

ウケすぎて、生徒会長の選挙に出るハメになったほどです（生徒会長には当選しませんでしたが、次点で副会長になりました）。

思いつきですが、女子と男子とでは、笑いのツボが根本的に違う気がします。

でも、共通するのは「残酷性」です。

上から目線で、人の失敗や間違いや狼狽（ろうばい）や滑稽（こっけい）さや馬鹿馬鹿しさや欠点を見下し、おもしろがる。

社会的に偉いとされている人や有名人をコケにしたり茶化したりする「風刺」や「物真似」なんかもそうですね。

なるほど、「笑い」というのは、罪深い。

その昔、禁止されたのも頷けます。

それでも、笑いを求めるのが、人間。

「笑う」ことができる動物は、人間だけ。

言い換えれば、笑うことをやめたら、人間ではなくなるということです。

なぜ、神は、「笑い」を人間にお与えになったんでしょう？

禁止するぐらいなら、はじめから、お与えにならなければいいのに。

うーん。深いです。

ちなみに、私の今までの人生の中で、最も笑ったのは、高校生の頃のちょっとした会話でした。

箸（はし）が転んでも笑う年頃とはいえ、あれほど笑ったことは、今のところ、あれきりです。

そのとき、仲間で部活の会報を作ってまして、「タイトル何にする？」という話になって。

で、当時、新語として流行（はや）っていた「ＤＮＡ」にしようってことになったんです。

しかし、その意味はよく分からない。

「ってか、ＤＮＡってどういう意味？」という誰かの問いに、誰かが自信たっぷりな真顔で言いました。

「だんご　ニッポン　あんこ入り」

……文字にすると「それで？」という会話ですが、その場の雰囲気とタイミングとその言い方のバランスが絶妙で、私、たぶん、１ヶ月は思い出し笑いだけで、死にそうになりました。

　実は、今も、ときどき、思い出しては笑ってしまいます。


　ところで、最近、ブラックマヨネーズと次長課長が、おもしろいです。

あと、年末にやった「サラリーマンＮＥＯ　ウィンタースペシャル２００９」と、今期からレギュラーになった「祝女」。

　特に「祝女」は、女のいやーなところを湿度の高い笑いにしてしまっているところが、素晴らしい。それでいて、女に生まれたことを祝おう、というのがコンセプトなわけで。素晴らしい！

　ということで、罪深いことではありますが、今年もたくさん笑いたいものです。

◆底辺と冬と手相と◆10/01/18

しかし、寒いですね……。

エアコンが壊れて約5年、小さな電気ストーブでなんとか冬をやり過ごしてきたのですが、今年の冬はヤバいです。

ストーブの傍から離れられない。なので、行動範囲が著しく狭くなり、1日の大半をストーブの真ん前でアルマジロのように体を丸めながら過ごしています。家にいながら、凍死しそうです。指先なんかも真紫色のチアノーゼ状態。今もかじかんだ指をどうにか動かしながら、これを打っています。

いや、これが本当の冬なんでしょう。

しかし、私の冬はいつ終わるのでしょうか。

確定申告の季節、去年の収入を目の当たりにして、情けなさで涙が出そうになりました。

この収入は、ただごとではありません。負け組とか負け犬とか、そんなレベルではない。

私、よく、生活できたものだわ。ええ、確かに、国保が払えなくて、市役所の人が家に訪問に来ましたけど。

これが、人生の底辺なのかしらね……。

ああ、底辺作家。世の中の人たちは皆、「ぷっ。あの人ったら、所詮、売れない底辺作家。近づいたら底辺がうつる」なんて目で私を見ているんだわ。

……とんだ被害妄想ですが、後ろ向きの性格の私は、実は、被害妄想が好きだったりします。

なんなんでしょうね。世間から蔑まれている自分、というのを妄想すると、辛くて悲しいのは確かなんですけど、どこか気持ちがよかったりします。なので、私、物心ついた頃から、「どうせ私なんか」と、自虐的な妄想をしては、泣きながらニヤニヤしてました。

一方、幸せな自分を妄想することはありませんでした。

幸せを感じたその瞬間から、不幸への転落が待ち受けている、という考えが幼心にもあったのかもしれません。

……つくづく、不幸な性格です。と、不幸を噛みしめながら、またまたニヤニヤしている私です。

そんな不幸体質な私の手相に、なんと、とんでもない変化が！

薬指の下のほうに、なにやら＊のような印が出てきたんです。

で、ググってみたならば。

「大成功間違いなし。自分でもビックリするような富と名声を得ることができます」

ですって！

え、マジですか！　私、どうなっちゃうんですか！

富とか名声とか、そんな食べ慣れないものを食べて、腹、下しませんか？

挙句の果てに、玉の輿の相という線まで出現してしまって。なんなんですか、いまさら、
玉の輿って！　どんな玉なんですか！


……ということで、今日1日は、自分の手相を眺めて終わりました。

お金のかからない1日、でも、なかなか楽しゅうございました。

◆テキサスバーガーと私◆10/01/25

トイレが、つまりました。

真夜中のことです。

そういえば、去年、ズッコンズッコン（正式名ラバーカップ）を処分してしまいました。

寒空の下、24時間営業のスーパーに走るも、ズッコンズッコンは売り切れ。

店員さんいわく、「よく売れるんですよね……」と。

なるほど、あちこちの家庭でトイレづまりが頻発しているようです。

持論ですが、たぶん、トイレットペーパーに原因があるのでは？

そう、ウォシュレット対応のペーパー。安さに負けて買ったはいいのですが、あれを使用すると、流れが悪くなるのよね……。

とほほ。今年の私も、ついてない。まあ、今までもついていたことなんかないけれど。

などと呟きながら家に戻るも、トイレは相変わらずのすりきりいっぱい状態。1ミリも減ってません。

以前も似たようなことがあり、力ずくで水を流して、最悪の結果を招きました。思い出したくもありません。

なので、今回は、慎重に冷静に。そういえば、お湯を少しずつ流すといいと、どこかで聞いたことが。

ということで、ペットボトルにお湯を汲み、何度も往復して、流し続けること4時間。

……とうとう、流れてくれました。よかった……。涙ぐみながら窓の外を見ると、真っ赤な朝焼け。

「えんじ色心中」という自作を思い出し、またまた涙。

発売されてまだ4年、なのに、絶版されてしまったようです。

知人が教えてくれました。「アマゾンで購入しようと思ったら、在庫なし。出版社のサイトで検索したら、重版未定で在庫切れだった。もう絶版?」

ちなみに、3作目の「女ともだち」も、品切れだそうです。まだ、3年です。

3年も持たない私の作品。この現実を思い出し、朝っぱらから号泣してしまいました。


ああ、今年も、なんだかしょぼい年になりそうだな……と、昼過ぎ、散歩にでかけた私、100円マックでも食べようかと、近くのマクドナルドに入りました。

いきなり目に入ったのは、「テキサスバーガー」の看板。

なんでも限定販売とかで、昼過ぎには品切れになるという人気商品。

昨日も、昼前には早々と「品切れ」というシールが貼られていました。

「品切れ」という言葉に、またまたナーバスになる私。

同じ「品切れ」なのに、どうしてこうも響きが違うのかしら。

人気があるから品切れになる場合と、人気がなくて品切れになる場合。

あああ。前者になりたいものだわ……。と思いつつ、看板を見てみると「本日は品切れ」というシールが貼られていない。

試しに、「テキサスバーガー」と注文してみると、

「お客様、ラッキーですね！　これ、最後のテキサスバーガーですよ！」と、ゼロ円の微笑みをたたえて店員さん。

え？　ラッキー？　この私が？　お年玉年賀はがきの抽選でも、切手シートすら当たったことがない籤運のない私が？

ラッキー？

「えー、マジかよ、もうないのかよー」と、後ろに並んでいた客たちが、私を一斉ににらみます。

羨望のまなざしを浴びる、私。

……気持ちいい。

で、ふと、思い出したんです。

「トイレがつまるのは、〝運がつく〟ってことで、いいことがある兆しだよ」って、誰かが言っていたことを。

そういえば、手相にも、吉相が。

私、もしかして、運が向いてきたの？　とにやつきながら、最後のひとつのテキサスバーガーを頬張ったのでした。

◆デフレスパイラルの原因は?◆10/02/06

今日は、恐ろしく寒かったです。

ほんで、昨日、「崖の上のポニョ」を見たこともあり、どうしてもラーメンが食べたくなったんですね。あまりにも食べたくて、夢にまで見る始末。

インスタントラーメン。

せっかくだから、ちょっと贅沢しようと。確か、チャーシューが盛りだくさんのカップラーメンがあったはず。

グーなんちゃらとかいう、ちょっとワンランク上のシリーズ。

あれは、おいしかった。今日はそれを食べて、ちょっと贅沢を味わおう……と、スーパーへ。ワクワク!

……普段は、インスタントラーメンをあまり食べない私ですので、ラーメンの棚に立ち寄るのは本当に久しぶり。

で、びっくりしたとです。

ラーメンの種類が、圧倒的に少ない。その棚の大部分を占めるのは、自社ブランドの格安商品。

以前はあんなにカラフルだった売り場が、2色刷りのしょぼいグラビアページのよう。

他社のラーメンもあるにはあるんですが、いわゆる定番商品ばかりです。

とにかく、選択の余地がない。

まるで、ソ連時代に立ち寄った、モスクワの空港のお土産売り場のようでした。

日本は、本当にヤバいことになっているのではないかと、私、愕然としてしまったんですね。

思えば、他の売り場も、同じようなブランドの格安商品ばかりになっています。

新商品というのが、あまりない。

以前は、「お、これ、初めて見るヤツだ」と手にすることも多かったのですが、今はそんな冒険すらさせてくれない。

こちらが買いたいと思っていても、売るほうに売る気がない。

ちょっと贅沢しようと思っていても、お店が贅沢させてくれない。

ワクワク感がないのです。商品を見る楽しみがないのです。

だから、最近は、スーパーに行っても、買いたいものだけ買って、さっさと出てしまいます。

そんなことより、ラーメンです。

しかたないので、98円の、地味なカップラーメンを買いました。なんだろう、この虚しさ。

冷たい北風が、心にしみます。心が、どうしようもなく寒い。

今日は、あの、チャーシューたっぷりのカップメンで、温かくなりたかったのに。夢にまで見たのに。

ああああ。

これじゃ、デフレスパイラルはひどくなるばかりのような気がします。

◆俺たちに明日はない◆10/02/14

バンクーバーオリンピック、はじまりましたね。

開会式見てたんですが、ごめんなさい、正直、途中で飽きちゃいました。

素晴らしい歌手が次から次へと登場して、さながら、カナダの紅白歌合戦みたいな感じで大変興味深かったんですが、なんちゃらという偉い人のスピーチがはじまった時点で、もう、だめ。強烈な眠気が。

でも、オリンピックもずいぶんとフランクになりましたよね。1964年の東京オリンピックの開会式なんて見ると、まるで、軍隊の行進ですよ。みんな、きちんと服装を正して。

服装といえば、スノボーのなんとか君という選手が、注意されてました。

「憲法おばさん」とあだ名されるほどルールに厳格だった中学生の頃の私でしたら、怒り狂って「けしからん」と書きなぐっていたことでしょう。でも、今は、「あら、やんちゃね〜」と、微笑ましい気分です。だって、スポーツ選手がみな、石川遼君みたいだったら、なにか味気ないじゃないですか。「あしたのジョー」や「侍ジャイアンツ」が好きな私としては、アンチ優等生もありかな……と。

いや、しかし、服装や髪形でこんなに問題になるなんて。ビートルズが登場したり、ヒッピーが登場したり、ハードロックが登場した1960年代は、想像を絶する怒号（どごう）の嵐だったんでしょうね。ビートルズが来日したとき、武道館を使わせるなという反対意見が世論を席巻（せっけん）したとか。でも、当時は、若者のほうが圧倒的に多かったから、新しいカルチャーは認知されていった。一方、今は、若い人、少ないですからね……。で、今の若い人のやんちゃを「けしからん」と叱るのは、ビートルズやヒッピー文化を享受していた世代。おもしろいものです。

ところで、「俺たちに明日はない」という映画があります。

10代の頃、この映画を見て、えらく感化されたものです。刹那(せつな)的な青いエネルギーに感動して。

でも、社会人になってから見ると、「こんなひどい犯罪をくり返す凶悪犯を、こんなヒーローっぽく描くのは、よろしくない」という、まったく正反対の感想を抱くようになりました。

で、今。「ああ、この無茶振りは、ファンタジーだわね……」という、またまた、新たな感想を抱きました。

同じ人間でも、歳をとったりその立場によって、考えや感じ方はころころ変わるものですね。

ビートルズエイジや全共闘世代も、歳をとれば「今の若者は、けしからん」と言っちゃうものなんですね。

いやいやしかし。今の若者のほうが、あの頃の若者よりよほど素直だと思うんですけど。だって、ちゃんと反省して謝るじゃないですか。そこのところは、認めてあげてもいいのでは……と思う今日この頃です。

◆サムライ　ジャパン◆10/02/28

浅田真央ちゃんの涙ながらの「悔しいです」が伝染したのか、一昨日からずっと落ち込んでいました。

「悔しいです」。なかなか言えない言葉ですよ。

どんなに悔しくてもそれを隠して「ベストを尽くしました。これで満足です」みたいなことを言わなくてはいけない風潮にある現在、この「悔しい」という言葉を堂々と言えるのは、それだけ自分を鍛え上げているということ。

いやいや、真央ちゃんは、まさにサムライですね。

次のオリンピックでは4回転を跳びたいというようなニュースも耳にし、私の落ち込みも吹っ飛びました。4回転！　まさに、次々と魔球に挑戦した「侍ジャイアンツ」の蛮（ばん）ちゃん！

ショートを含めトリプルアクセルを3回成功させるという、たぶん誰にも真似できないとんでもない偉業をやり遂げ、度重なるルール変更にも凹（へこ）まず修正し続けた真央ちゃん。本当に往年のスポ根漫画を見ているようです。

ダンサーまたは演者という意味ではキム・ヨナのほうが確かに勝っていましたが、アスリートという意味では、真央ちゃんではないでしょうか。

真央ちゃんだけではなく、今回のフィギュア日本代表は、男子も女子も「守り」に入ることなく、果敢に「技」に挑戦したことが本当に素晴らしかった。私もいろいろと考えさせられました。

完成度も大切ですが、やはり、「挑戦」する気持ちを封印したら、進歩はありませんものね。

最近、「少し守りに入ったほうがいいのかしら」と弱気になりつつあった私でしたが、いやいや、それではいけない。

私も引き続き、挑戦していきます。

◆マイナー道◆10/03/02

と、いうことで、オリンピックも終わりました。

今日からは、通常運転ということで。

で、先ほどＮＨＫのニュースで、チーム・ジャパンの展望、みたいなことをやっていたのですが、その中で、やっぱり最大のポイントは「資金」ということで。

　韓国、アメリカなんかじゃ、100億円を超える予算をつけてさらにスポンサーもたくさんついて選手を支援してますが、日本は、27億円ぐらいですからね。しかも、去年の事業仕分けで「メダルの可能性もないマイナーな種目に予算をつける意味があるのか」とか散々言われて、予算をかなり削られた。そのとき槍玉（やりだま）に挙げられたのが「リュージュ」「ボブスレー」という種目なんですが、私は、まるで自分のことを言われているようで、少し涙腺がゆるみました。

「真梨幸子？　こんな売れる可能性のないマイナーな作家に本を出す意味があるのか？」と言われているようで。

　でもですね、今は強化種目と言われているフィギュアだって、私の記憶が確かなら、伊藤みどり以前は、「日本人にはメダルは無理」とマイナー扱いだったような。渡部絵美が有名だったぐらいで。その渡部絵美ですら、「スケートやって残ったのは借金だけ」と嘆いていました。

　伊藤みどりがあんなにトリプルアクセルにこだわったのも、世間の注目を勝ち取るためだったと思うのです。その甲斐（かい）あって、今では日本フィギュアは世界のトップレベルになりました。

クリスタル・ジャパンのカーリング女子だって、マイナーもいいところでした。でも、あのファッショナブルで可愛らしい容姿が注目されたわけです。今回も、クリスタル・ジャパンの乙女たちが一番おしゃれで素敵でした。あと、解説の熱血おじさん！　あの方も、カーリングの注目度をあげるのに一役買いました。

國母選手があんな騒動を起こしたのも、実は一種の演出だったのかもしれません。実際、あの騒動のおかげで、私、眠い目をこすりながら、予選から決勝まで見守りましたもん。

つまり、「自己プロデュース」です。

今回、この自己プロデュースで画期的だったのが、ボブスレー女子。もちろん、マイナー競技ということで事業仕分けされてます。それで自棄になったのか、デコソリで勝負をかけました。成績はイマイチでしたが、その可憐で美しい装飾のソリで、世界的に注目されたのでした。デコは、日本のお家芸。アニメ、漫画、と並ぶ、日本のカルチャーです。それを、オリンピックにぶつけたのです！　快挙だと思いました。

「マイナー」。そう切り捨てるのは簡単です。でも、そのマイナーなものにしか活路を見出せない者もいる。マイナー道。それは険しく厳しい道だけれど、挑戦のしがいはある、そんなことを思った今年のオリンピックでした。

◆つぶやき地獄？◆10/03/06

ツイッター、はじめたはいいんですが、あれ、なかなかのストレスになりそうですね。ストレスがいつしか中毒症に昇華しそうで、なにやら薄ら寒い。

なにが薄ら寒いって、あれ、数字が出るじゃないですか。あれで、その人の注目度が一発で分かるわけですが、人徳もなくモテ期もとうとう訪れなかった淋しい私にとっては、新たな地獄。自ら、地獄に身を投じてしまった！

でも、せっかくなので、6月ぐらいまでは続けますよ。

そういえば、裁判員裁判で、興味深い事例がありました。いわゆるレイプ事件で、女性の裁判員は被害者に同情して被告人に必要以上に重い刑を望むものだとばかり思っていたら、まったく逆の結果になったとか。女性の裁判員は、被告人の男性に自分の息子を重ねて、被告人のほうに同情してしまい、刑を軽くしようとしたらしいのです。つまり、母親の立場で裁こうとした。逆に、男性の裁判員のほうが厳しい刑を求めたとか。もしかしたら、この男性裁判員は、娘さんがいたのかもしれません。

私の知人でも、子供が女の子の場合と男の子の場合では、かなり考え方が違います。自分が気がつかないうちに、完全に母親目線になっているのがおもしろい。

ちなみに、私の母親は娘の私には「被害者になったらどうしよう」と怯え、弟のときは「加害者になったらどうしよう」と怯えておりました。

どちらに感情移入するか。これはかなり重要です。被害者と加害者、善人と悪人、どちらに感情移入するかによって、物語はがらりと変色します。

加害者と被害者が逆転したり、善人が悪人に見えたり。

本当に、人間の心理は面倒くさい。

◆幕の内弁当◆10/03/18

焼肉弁当とかカラ揚げ弁当とか数あれど、私が好きなのは、幕の内弁当なのです。蓋を開けたときのあのワクワク、どれを食べようかといろいろ迷い、いろんな味が口の中で爆発しそして融和する、そんな感覚が好きなのです。

その昔。小学校4年生ぐらいのときでしょうか。遠足に行ったことを作文にしなさい、と課題を与えられました。

私は、遠足の前日から当日の朝の準備、バスの中の様子、目的地でのあれこれ、そしてお弁当の中身、帰りのバスの中、家に帰ってお風呂に入ったところまで、原稿用紙2枚にわたり書き込みました。そしたら、先生にみんなの前で読まれました。「悪い例」として。

「良い例」として読まれたAさんの作文は、目的地で出会った犬だか猫だか、とにかくひとつの出来事だけを書いたものでした。先生は言いました。

「いろいろあった1日の中から、最も印象的なものを選んでとことん書き込む、それが良い作文なのです」

えええええ。私は叫びました。だって、私にとってAさんの作文は、退屈で、1行で済むような内容をむりやり原稿用紙2枚に引き伸ばしたようにしか思えなかったのです。

でも、大人が好むのは、こういうものなんだ……と納得するしかありませんでした。

あのときの違和感は、いまだに引きずっています。私は相変わらず、いろんなものが詰め込まれている幕の内弁当が好きなのですが、焼肉やカラ揚げやらに特化したものが「良い」ものとされる傾向にあるからです。

それでも幕の内弁当がなくなることはありません。幕の内弁当が好きな人たちがいなくなることはありません。

ということで、一時は、特化弁当を目指してそういう小説を書こうとしたこともありましたが、やめました。私には、向いてません。私は、やっぱり幕の内弁当が好きなのです。あんなことが起こり、こんなことも起こり、こんな人が出てきて、あんな人も出てくる、そして意外な化学反応を起こして、とんでもない終末にたどり着く、そんな話が大好物なんです。

今回の新刊は、それを意識的にやってみました。いろんなものを「これでもかっ」と詰め込んでみました。「詰め込みすぎ」という批判もあるかもしれませんが、それは最上級の褒め言葉です。

でも、まだまだです。私の詰め込みは、まだ、甘い。

これからも、究極の幕の内弁当小説を目指して、精進する所存です！

追記。

幕の内弁当ではないのですが、崎陽軒の「シウマイ弁当」が好きでたまりません。シウマイ弁当といいながら、シューマイ以外のものも素晴らしいのです。鶏のカラ揚げ、マグロの照り焼き、カマボコ、卵焼き、切り昆布、そして、私が愛してやまない、筍（たけのこ）の甘辛煮。本来は苦手なはずのアンズですら、ご飯の友となります。どれが欠けてもいけない。シウマイ弁当、もう、傑作ですね。

シウマイ弁当のような小説を、私は書きたい。

◆ゲゲゲの女房◆10/06/11

朝ドラの「ゲゲゲの女房」、今、水木しげる夫婦は貧乏神に取り付かれて、底なし貧乏地獄にあえいでおられます。他人事ではありません。

まさに、今の私も、貧乏神に取り付かれています。

一見、私は多く本を出しているようなイメージなので、それなりに生活していると思われがちなのですが、とんでもないことでございます。

それこそ、確定申告のときに、税務署の人に、「これで、暮らしていけるんですか？」と心配されるほどの、崖っぷちな収入なんです。

「ゲゲゲの女房」の水木先生は、なんだかんだいって、必ず大成功するのが分かっているので安心して見られるんですが、水木先生の家に下宿していたあの貧相な漫画家さんがまるで私のようで、見ていられませんでした。その漫画家さんは、結局は、ペンを折って東京を去るのですが、若いうちならまだしも、彼は40歳過ぎ。その後ろ姿が悲しくて。

しかし、当時の貸本屋業界の悲惨さは、今の出版業界とちょっと似ているのかもしれません。働いても本を出しても一向に黒字にならず質屋通い、というのは、間違いなく、そのシステムが崩壊している証拠です。誰かが言っていた言葉が染みます。

「どんなに働いても儲(もう)けが薄い業界は、もうおしまいということです」

でも、いまさら、もう他にはいけません。40代というのは、想像以上に、過酷な年齢です、就職するには。

バイトすら、見つけるのは大変ですもん。

今、原稿が一段落したので、バイトを探しているところです。

求人数はぱっと見増えているんですが、どれも私が応募しても「お呼びじゃない」と門前払いされそうなものばかり。

というか、携帯ショップと塾の講師のバイトが異様に多いのは、時代の反映でしょうか。

あとは、薬剤師の資格が必要なドラッグストアの求人。これも、資格がない私には無理ですね。

ということで、ここまで来たら、石にかじりついてでも、物書きで生きていくしかない私です。

がんばります。なので、お仕事、ください。

◆はやぶさ、帰還でございます◆10/06/13

はやぶさ、帰還。いまさら説明するまでもないのですが、この関連ニュースを見るたびに、涙を禁じえず。

感動・涙モードが鈍くなって久しい私ですが、何年かぶりに涙腺崩壊の状態です。

で、なんでこんなに泣いてしまうのか考えてみました。

それは、知らず知らずのうちに、はやぶさを擬人化しているからではないでしょうか。

もはや、ただの「モノ」ではなく、完全に人間扱いしています。

だから、感情移入がすさまじいのです。

これは私だけでなく、多くの日本人がはやぶさを擬人化していることでしょう。

それは、女の子であったり男の子であったり、または名犬ラッシーやパトラッシュであったり。

その最たるものが、「はやぶさに、燃えてなくなる前に地球の姿を見せてあげよう」という技術者の思い。

はやぶさのカメラは地球に背を向けているらしいのですが、それを大気圏に入る前に、くるっと振り向かせて、カメラを地球に向かせるというのです。

はっきりいって、いらない指令です。

必殺仕切人なら、「ただの機械に地球を見せる意味があるんでしょうか」と仕切対象にするかもしれません。

しかしです。

この擬人化は、日本人特有のもので、昔から日本人は、そこらのゴミにすら「神」が宿っているといい、虫けらにすら、「五分の魂」が宿っていると考えてきました。

これは日本人特有の「ヘンタイ」文化へと発展し、いまや世界を席巻する勢いです。

「ヘンタイ」文化は、アニメや漫画やゲームやカワイイムーブメントだけにあらず。

技術にこそ「ヘンタイ」魂が宿っています。

ヘンタイ魂は、「ロマン」とも呼ばれ、最近では「萌え」とも呼ばれています。

このヘンタイ魂は、損得がモチベーションではないところが、これまた特徴です。

損得を超えた、「なんだか分からないけれど、そうしないではいられない」という魂のざわめき。

私だって、なんだかんだいって、それでも小説を書き続けるのは、ヘンタイだからに他なりません。損得だけで考えたら、とっくの昔に、職を変えています。

今は、とにかく「損得」だけで動いている世の中で、世界も「金があるのが一番」と「お金」基準で評価しがちですが、損得モチベーションは、もろいものです。

金だけで結びついた縁が、すぐに切れるように。

バブル時代に得たものが、あっけなく離れてしまったように。

でも、ヘンタイ魂は残りました。

ということで、「ヘンタイ魂」があるかぎり、日本は不滅だと思うのですが、いかがでしょうか。

◆扇風機、お前まで！◆10/06/17

暑いですね！

エアコンどころか扇風機まで壊れてしまい、なんだか大変な夏になりそうです。

でも、不思議なことに、今日ぐらいの暑さ（30度ちょっと）なら、扇風機もエアコンも必要のない体になりつつあります。

人間の適応能力ってすごい！　いや、もちろん、歳のせいで体が鈍感になっているというのもあるんでしょうが。

一日一食とおやつ、という生活リズムもすっかり定着し、この省エネ生活もなかなか悪くないな……と思っています。

おかげさまで、基礎化粧もしないものですから、その点も助かっています。

私がクリームやパックや化粧水をやめたのは、30歳手前。

歳が上がるごとにコスト高になる化粧品、それに伴って収入も右肩上がりならいいんですが、バブルもはじけ、右肩上がり伝説も崩壊した時代、高価な化粧品を買い続けることができるのか自分？　と自問自答したのでした。

その答えが、「買い続ける自信はない」でした。

なら、今のうちにやめておいたほうがいいじゃないかと。20代のうちから化粧品に頼らない環境にしておけば、肌もそれに適応してくれるんじゃないかと。

ということで、一切、化粧品はやめました。

やるのは、一日一回の洗顔のみ。しかも、石鹸（せっけん）で。はじめは「もっと潤いをくれ、もっと栄養をくれ」と肌が悲鳴を上げて大変でしたけど、今は肌のほうが「貧乏なんだから、しかたない」と身の程を知ったのか、自分の力でなんとか頑張ってくれています。

どう考えても、お金とはあまり縁のない私ですので、それならそれで、身の丈で精一杯生きていくしかない。

30歳手前でそれを悟って、本当によかったと思います。

その代わりに、マンションを購入するという無茶をやってしまいましたが。

ローンはなんとかなるのですが、今年も来ました、もろもろの税金の請求書。

なんか、去年も同じことを愚痴っていたような気もするんですが、下手に不動産を持っていると、いちいち税金が高いんですよね……。

ということで、この時期になると、一気に金欠病が悪化してしまうので、今年は扇風機なしで夏を過ごすことになるかもしれません。

◆貧乏神との日々◆10/07/10

暑いですね……。

気象庁が「今年は冷夏」と予想していたときからイヤーな予感がしていたんです。

逆神気象庁（ぎゃくしん）がそう予言したのなら、猛暑になるな……と。

さて、「ゲゲゲの女房」。水木しげる先生に、いよいよチャンス到来です！

水木先生の家に住み着いていた貧乏神も荷造りをはじめたようです。

うちの貧乏神も、そろそろ旅立ってくれないでしょうか……。

いったい、何が気に入ったのか、うちの貧乏神様はすっかり我が家に同化しています。

昨日も、とある「書籍」とその請求書が来て「うわ……」と頭を抱えてしまいました。

半年前の私、なんでこんなものを注文してしまったのだろう。

いくら、お付き合いだとはいえ。

半年前までは、まだ、余力があったので、なんとかなると思ったんでしょうが。

なんともなってないじゃないですか！

とほほほの助。

そういえば、テレビで、「金（ゴールド）」が高騰しているといってました。

家の中に眠っている金のアクセサリーを持っていけば、かなりいいお値段になるとか。

探したんですけど、指輪2個と金の鎖が2本しか見つかりませんでした。

一応、18Kと24Kなんですが。それを売れば、もしかしたら、請求書はなんとかなるかも。

でも、どこで売ればいいのかしら？

こんな感じで、貧乏神に愛されて困惑している私ですが、でも、よくよく考えたら、まだ貧乏神のほうがマシなんじゃないかと。

世の中には、貧乏神より恐ろしいものがある。

それは、「金の亡者」。金の亡者はリアル人間でもあるので、これがかなり恐ろしい。

金の亡者に取り付かれて、無事に生き延びた人を私は知りません。

金の亡者が狙うのは、器もないのに、うっかり大金を手にした人間。

私が思うに、お金をさばくにはそれなりの「器」が必要であって、そんな器もない人がいきなり大金を摑むと、とんでもないことになります。

あるいは、そんな器もないのにお金に執着すると、自分自身が「金の亡者」になり、他人に取り付くことになります。

どちらにも、なりたくないものです。

まあ、今の私が貧乏なのも、まだまだ私に修行が足りないということ。

今はまだ、それだけの器なんです。

でも、いつかきっと、お金がそれなりに入ってくるそれなりの器になるだろう……という希望だけは捨てず、今は、精進するしかないですね。

◆選挙とフレンチとおっさんと◆10/07/11

選挙に行った帰り、銀行の残高を照会したところ、先月執筆したエッセイの原稿料が入金されていました♪

思ったよりちょっと多めにいただいたので、こういう日こそ、ちょびっと贅沢してみてもいいんじゃないかしら？　最近、貧血気味だし、たまには贅沢しないとますます貧乏神に取り付かれる。

と、いうことで、ものすごく久しぶりに、近所のフレンチレストランへ。ランチ１６８０円というリーズナブルなお値段で、とてもおいしいお野菜とパンを堪能できます。

このレストラン、いつもは主婦御用達なんですが、今日は日曜日ということもあり、男性の姿もちらほら。で、私の隣に座っていたのが、年配のおっさんと若い女の子のカップル。キャバ嬢とそのお客という風情です。これは私の妄想ではなく、会話からほぼ、間違いないと思われます。

おっさん、ワインをかなり飲んだのか、すっかり出来上がっています。おしゃべりが止まりません。しかも、大音声。

「更年期少女」という小説で、いい歳したおばちゃんがフレンチレストランで傍若無人におしゃべりに興じる……というのをやりましたが、これはなにもおばちゃんの専売特許ではなく、おっさんの傍若無人振りもなかなかのものです。

おっさん、なにか会社かお店を経営しているらしく、「いい歳した人が、アニメとか漫画に詳しいっていうのは、異常だね。うちの従業員にもいるんだけどさ……」と、オタクらしき従業員の悪口をひとしきり。さらに、「こだわるのはいいことだよ？　夢を持つのもいいことだよ。でも、いい歳してんだから、もっと収入を増やすことを考えればいいのにさ。いやいや、困ったもんだよ。ぶはははははは」と。この人が、いったいいくらでオタク従業員を雇っているか知りませんが、それはちょっと余計なお世話かと。キャバ嬢も適当に話を合わせますが、あまりかみ合ってません。

で、いきなり話は、「原始時代」について。おっさんいわく、「筋肉むきむきで力持ちだけど食べ物をあまり獲ってこない男と、力はないけれどその頭脳で食べ物をちゃんと確保する男とでは、女はどちらを選ぶと思う？　そうなんだよ、太古から、女は、食べ物を持ってくる男を選ぶんだよ。つまり、男に必要なのは経済力さ」

おっさん、見るからにひ弱そうです。吹けば飛ぶよな印象です。それを自覚しているのか、とにかく「経済力」をアピールしてきます。で、さらに、「賢い女はさ、見た目のカッコよさより、ちゃんと食べ物を持ってくる仕事のできる男の遺伝子を選ぶんだよ。そう思わない？　経済力のある男の遺伝子を残すべきなんだよな」

なるほど、遠まわしで、おっさん、キャバ嬢を口説いているわけです。「僕の遺伝子を君の中に受け入れようよ。ね？　僕の遺伝子はいいよ〜」と。

そして、デザートが出る頃。おっさん、いきなりスイッチが切れたように固まってしまいました。顔を見ると、顔面蒼白（そうはく）です。そして、トイレへと駆け込む。

ワインが、相当回ったようです。

そんなおっさんを横目に、「デザート、おいしそう♪」と一人スイーツを楽しむキャバ嬢。

彼女はなにを思ったでしょうか？

「経済力があっても、ある程度体力もなければね。それに、やっぱり、イケメンに限るでしょう」

そんなことを思ったでしょうか？

いずれにしても、このおっさん、なかなかいいキャラでございました。次の小説に、ぜひ、登場していただきたく。

◆無題◆10/07/14

とにかく、今は我慢のとき。

がんばれ、私。

自棄になるな。

折れるな！

◆解約祭り◆10/07/19

いよいよ、地デジ完全切り替えまで、1年。

それに先駆けて、来月、契約しているケーブルテレビがアナログ放送を終了するらしい。

で、「デジタルプランに変更しましょう」ってことで業者から散々電話があったのですが、
それまでは、先延ばしにしてきました。だって、デジタルに変更すると、月々の料金も上がるものですから。

でも、いよいよ、タイムリミット。もう、待ったなし。

来月には、強制的にアナログ配信が終了となる。

もう、こうなったら、テレビ見るの、やめようかしら？　とも思ったんですけど、「ゲゲゲの女房」の続きも見たいし、「デスパレートな妻たち」も見たい。

しかたない、デジタルに切り替える手続きをするか、と問い合わせたところ、料金が思いのほか跳ね上がることが発覚。しかも、工事費も必要だとか。

とてもじゃないけれど、今の火の車家計では、かなり無理のある数字です。

で、いったん、電話を切って、冷静に考えたんですが。

「ちょっと、待って。別に、ケーブルテレビじゃなくても、フツーにテレビ見ればいいんじゃん。マンションについているアンテナで」

思えば、映画三昧の生活がしたくて、ケーブルテレビに加入しました。しかし、ここ数年は、地上波以外のチャンネルはほとんど見ていない。つまり、ケーブルテレビに入っている意味がなかったんです。もっといえば、月々料金を捨てていた。

で、おもいきって、ケーブルテレビ、解約しました。

ついでに、どうせなら、いまのうちに地デジ対策しておこうと、格安チューナーを購入。5000円以内で、地デジ対策終了。

地デジ、きれいですよー、アナログテレビで見ても。

地デジ対策というと、なんとなく、薄型テレビに買い替えなくてはいけないようなイメージがありますが、今あるブラウン管テレビでも、充分、きれいです。

地デジ対策でテレビごと買い替えようとしている方、よーくよく検討してくださいね。


それにしても、今まで、月々5000円近く、ケーブルテレビに支払っていた自分が、本当に馬鹿馬鹿しい。多チャンネルを堪能しているんならいいんでしょうが、結局、私は使いこなすことができませんでした。

こういう無駄遣いを他にもしているんじゃないかと、まずは保険を改めて検討。

で、いくつか、解約することに決めました。

携帯電話は、今、最低料金のプランなので、これ以上は落とせなくて残念。

あとは、インターネット。ダイヤル回線に戻そうかと、本気で考えています。

で、1日に30分ぐらいで済ませれば、格段に安くなるはずです。

……でも、ネットサーフィンしていると時間を忘れてしまう恐れもあるので、これは、もう1度よくよく検討する必要がありますね。

ということで、年々、シンプルな生活になっていく私。

来年は、なにを仕分けしているでしょうかね？

マンションを売ることになっていたりして。それだけは、避けなくては（笑）。

◆21世紀も、10年過ぎたのに◆10/08/21

不景気だ、ＧＤＰ成長率の鈍化だ、と、なにかと暗い話題が多い昨今。

「日本の将来は暗い」みたいな論調が席巻し、その原因のひとつに、「消費者の買い控え」が挙げられています。

モノが売れないから、景気が悪い！　みんな、モノを買えよ！　と。

そんな話題を聞くたびに、ちょっと違和感を覚えます。

そもそも、リーマンショックで現在の資本主義モデルに疑問符が打たれたのに、それでも、従来通りの数値でしか、景気いい悪い、幸福度、成功度をはかれない、というのが、おかしいんじゃないかと。

捨てよ、買えよ……の、使い捨て消費が一番激しかった１９７０〜１９８０年代を知る私から見れば、この時代のほうが異常だったと思うんです。

確かに、使い捨てライフスタイルによって景気は上向き、私も恩恵を被りましたが、一方で、公害だ、資源枯渇だ、拝金主義だ、ゴミ問題だ、モノ・人の使い捨てだ……という問題が噴出しました。

　子供番組にも、必ずといっていいほど、公害問題とモノを粗末にする心の荒廃を扱った内容が登場し、それはどれもトラウマになるような後味の悪い作品ばかりで、子供心にも、「今はこんなに浮かれているけど、このあと、とんでもないしっぺ返しがあるんじゃないか……」と怯えていました。その最たるものが、「ノストラダムスの大予言」じゃないでしょうか。今、読み返すと、あの本はただのお騒がせ本ではなく、消費社会、言い換えれば20世紀型資本主義への警鐘だと思うんです。

　特に、バブル時代は、本当に恐ろしかった。あの時代こそ「日本に将来はない。日本の将来は暗い」と思ったものです。実際、みごとにしっぺ返しを食らいました。

　そして、今。

　私は、日本はいい方向に傾いていると思います。

　消費の低迷は、裏返せば、リサイクル、節約、手作り回帰、慎重な商品選び、量から質への転換、なのです。どれも、いいことじゃないですか！

　これが悪いこととして作用するのは、それは、今のビジネスモデルが悪いんです。ビジネスモデルこそを変えないと。

　目の前の数値だけを拝んでいる20世紀型資本主義モデルは、もう、時代に合わないと。

出版業界がまさに、そうですね。

現状は、新刊を出しても、1週間でそこそこの売り上げを出さないと、「実績ナシ」ということで、結果的には次の作品が出せなくなります。

こんな悪循環が、隅々まで業界を侵食しています。

……このビジネスモデルは、これからの時代にそぐわないと思うんですが。

それこそ、出版業界そのものがなくなってしまいそうで、怖いです。

私は、霞を食べてでも、この世界の片隅で生きていきたいので、この業界だけは残ってほしいと祈らずにはいられません。


そもそも、21世紀になって10年もたつのに、いまだに20世紀モデルを引きずっているのはどうかと思います。そろそろ、次のステージにいきましょうよ！

◆受身のヒロインよ、立ち上がれ！◆10/09/12

「ゲゲゲの女房」、いよいよ、残すところ、2週。

寂しいです。

さて。いろんなところで既に言われていますが、「ゲゲゲの女房」は、NHKの朝ドラにしては珍しく、「受身のヒロイン」です。しかも、専業主婦。

それまで、朝ドラのヒロインというと、「自主性」と「独立心」と「冒険心」にあふれていました。そして、自身の夢を叶える（かな）ために、あっちに行ったり、こっちに行ったり。前進、前進、また前進。ヒロインだけでなく、その母親も自分の道を模索するために離婚したり、家を出たりしています。

長年、朝ドラは、「女性の自立」を促すプロパガンダ的な役割を持っていました。

それが、ここにきて、「受身ヒロイン」。特技もなし。仕事も持たない。だというのに、これが、かなりおもしろい。だから、視聴率もうなぎのぼり。

私、常日頃、思っているんですけど、人には、明らかに「攻め」キャラと「受け」キャラがあり（変な意味ではないですよ）、攻めて成功する人と、受身で成功する人っていると思うんです。ところが、昭和40年代ぐらいからでしょうか、「自己主張しよう！」「攻めて行こう！」というのが美徳になり、学校なんかでも、「どんどん意見を言いなさい！」みたいな教育が行われてきました。さらに、「女性の自立」なんていうのも声高に叫ばれ、私が子供の頃は、漫画もテレビも、「女性の自立」「働く女性」みたいなテーマのものが多くありました。

でも、みんながみんな、社会で働いて成功するわけでも幸せを掴むわけでもない。家を守ることや、縁の下の力持ちこそが天職、という人もいるわけです。

ところが、「人類みな、ヒーロー（ヒロイン）」みたいなことを言われ、そんなこと柄でもない人にまで、「ヒロイン」や「ヒーロー」になることを押し付けてきた感があります。

で、縁の下の力持ちや人知れず社会を支える人たちは、なんとなく「負け組」とか言われちゃったり。

声が大きくてアクションが派手な人が「勝ち組」で、口下手で引っ込み思案の人が馬鹿にされたり。

なんだか、そういうのは違うよな……と思っていたところに、「ゲゲゲの女房」のヒット。なんだか、安心した私でした。

攻めと受身。このふたつのバランスがよくないと、ものすごく偏った社会になります。「受身」にも、スポットライトを当てないといけません。

そもそもです。

「攻め」キャラの人だって、その時々で、「受身」になったほうが吉ということがあります。

押しては引いて。引いては押して。この絶妙のバランスを、どうも、私たちは長らく忘れていたようです。押して、押して、押して、押しまくって。……そして、入り込んだ迷路は、疲労困憊と鬱状態。

だからこそ、「ゲゲゲの女房」に、なにかしらの安堵の光を見てしまうのかもしれません。

◆本当に恐ろしいものは……◆10/09/18

そのときは、あまりに頭がカッカしていたので、日記に書き込むのを自重していたのですが（罵詈雑言のオンパレードになる恐れがあるので）。

で、2週間が過ぎて。いまだに思い出すだけで、頭がカッカします。なので、これはもう吐き出したほうがいいかもしれないと。

それは、2週間前のことでした。バイトのお給料が入り、久しぶりにまとまったお金を手にしたので、「猛暑を乗り越えた自分にご褒美」という意味と、1ヶ月前倒しの誕生日プレゼント、ということで、いつもはランチでしか行かないフレンチレストランのディナーに。

すると、なにかいきなり、店内の雰囲気が極悪なのです。

なにやら、やけに声の大きい家族連れ。お父さんとお母さんと娘二人（妙齢の大人）。お父さんはすでに酔っていて、給仕のお嬢さんを些細なことであれこれと呼びつけて、怒鳴るように注文を浴びせています。

で、様子を見ていますと、どうやらこの家族連れ、コースを二人分注文し、それを家族4人で分け合っているのです。

「取り分けするための小皿をよこせ」「ナイフとフォークを余分にくれ」などと、とにかく、注文がうるさい。脅すように。パンがお代わり自由なのをいいことに、パンのお代わりも頻繁にしてました。でも、忘れてならないのが、あくまでも、「二人分」しか注文していないことです。なのに、パンだけは、4人分以上、お代わりしているのです。さらに、食後のコーヒーの段になると、「家族4人分、サービスしろ」とか言い出す始末。

こういう厚かましい客がいるということは噂に聞いてましたが、まさか、フレンチレストランのディナーで遭遇するとは思いませんでした。

ここだけなら、「いいネタ、発見」としめしめと観察に励む私ですが、それどころではありませんでした。私の好奇心を大きく陵駕するほど、イライラが募っていたのです。

とにかく、うるさいんです、その4人家族。給仕嬢に対する態度も横柄ですし。「二人分」のコースしかとってないくせに。いえいえ、たとえ、「10人分」注文していたとしても、あの態度はいただけません。

家族の会話から、どうやらお父さんは不動産業を営んでいるらしく、お金を持っている模様。実際、娘二人に、かなりのお小遣いを与えてました。ディナー中に一万円札を何枚も。でも、注文しているのは4人なのに、「二人分」。

不動産屋のお父さんは、どうも気に入らない顧客がいるらしく、某宗教団体の悪口をまくしたてはじめました。他にも、固有名詞を出して、いろんな顧客に駄目だし。

それが、また、うるさいこと！

店内中、その4人家族（注文しているのは、二人分ですが）の話し声しかしません。

しかし、私の怒りのほとんどは、その家族に対してではなく、給仕嬢と店側に対してです。

声の大きい家族の恫喝にすっかりひれ伏し、つきっきりで対応、他の客を差し置いて、その家族を優先しているのです。

他に客は、私と2組のカップルがいたのですが、明らかに、私たちは後回しにされています。

私なんか、7時前に店に入って、デザートが出てきたのが、10時ですからね！

一人で食事して、3時間もかかったのは、はじめてですよ！

しかも、明らかに、メインのお肉のサイズがいつもの半分。

見ると、恫喝4人家族と同じお料理だったのですが、恫喝4人組のお肉は、私の肉の3倍はありました。どうも、私のは余りのようです。なんてこと！

なにが残念って、声が大きくて恫喝するような物言いの人たちに、無条件降伏するようなお店の姿勢でございます。

これは、世間にもよくあることで、声の大きい人たちの意見が世論、みたいな感じになってしまいがちですが、その後ろにいるサイレントマジョリティのことを忘れると、大変なことになります。漫画の人気アンケートハガキとかもそうですね。アンケートハガキを出すような人って限られていて、しかも、意見が偏り勝ち。でも、それを最優先するものですから、なにやら似たり寄ったりの漫画が生き残り、おもしろいと思っていた漫画が打ち切り、ということも。面倒くさがりの私もアンケートハガキなんか出したことないんですが、「おもしろい」と思っていた漫画が打ち切りになって、「ああ、ハガキ、出しておけばよかった」と思ったことがあります。

あと、外国のホテルマンの証言だったでしょうか。「日本人はおおっぴらにクレームはいわないが、気に入らないことがあったら、突然こなくなる」というのを聞いたことがあります。「だから、怖い」と。

この怖さ、日本人じたいが、忘れているんじゃないかと、恫喝４人家族（でも、注文したのは二人分）に右往左往するスタッフを見て、痛感いたしました。

だって、私を含めて、他の客が明らかに顔が引きつっていましたもの。この引きつった顔を見落としてはいけません。見落とすと、リピーターを失うことになる。その場は、恫喝４人組（でも、注文したのは二人分）をうまくハンドリングしたとスタッフは満足したかもしれませんが、本当の損失は、あとから、じわじわとやってきます。

……ああ、恐ろしい。これこそが、サイレントマジョリティの恐怖なのです。

◆世界は、数字と文字で動いている◆10/09/19

世界の隅々の仕組みが、「数字」によって成り立っている。そして、それに縛られている。GDPとか、国家予算とか、テレビの視聴率とか、株価とか、相場とか、時間とか、売り上げとか、値段とか、成績とか、血糖値とか、体重とか、得点とか、収入とか、家計簿とか、お財布の中身とか。

例えば、以前のバイト先、ガチガチの文系なのに、仕事の大半は、エクセルを使っていました。ワードなんかほとんど使いませんでした。

毎日、毎日、わけの分からない数字を引っ張ってきて、意味不明な数字を叩き出して、なにやら怪しげな数字を神のようにありがたがっていました。「数字」という根拠がなければ、仕事は1ミリも動きませんでした。

確かに、この世の事象はすべて数字で表すことができるようですが、それにしたって。

……とりあえずは、支持率とかは、もうやめたほうがいいんじゃないでしょうか。

だって、ご祝儀支持率とか、あまり実がないような。

もっと他の方法はないでしょうかね。

これから先も、支持率ご本尊でパフォーマンスを繰り返されたら、たまったもんじゃありません。

◆地獄のウシジマくん◆10/10/30

久しぶりの日記です。

大規模修繕でマンション全体がシートに覆われ、窓も開けられず、ちょいうつ状態でした。

これが、まだ2ヶ月続くという……。そのストレスのせいか、いつもの胃病が。

ということで、ストレス発散に、一人カラオケに行ってきました。「王者！ 侍ジャイアンツ」ではじまって、約3時間。歌ったラインナップを改めて眺めてみて、ほとんどが、なかにし礼作詞の歌だということに気づきました。

ああ、つくづく、なかにし礼先生の世界観がツボなんだな……と実感。

カラオケには入ってなかったので歌えなかったのですが、レイジーの「地獄の天使」というナンバーも、なかにし礼先生の作品だと最近知り「ああ、なるほど」と深く深く、納得したのでした。

レイジーといえば、当時、16歳とか17歳とかじゃないのかしら？ そんな少年に、「汗の光るやわ肌」とか「糸をひくよなくちずけ」とか「堕落の味がする」とか歌わせるなんて、なんて素敵なんでしょう……。

なかにし礼作品の中でも、「石狩挽歌」に並ぶ傑作だと私は思っているんですが、カラオケに入っていなくて、本当に残念です。

さてさて。

傑作といえば、「闇金ウシジマくん」がドラマ化されていたんですね！ 昨日知って、もう、ショックでした。すでに、3回も放送している……。

職場での付き合いのために借金を重ねるＯＬのエピソードは、もう放送されてしまったでしょうか？　あのお話は、その後味の悪さも含めて、大傑作だと思います。

「ナニワ金融道」を初めて見たとき以来の、胸騒ぎを覚えました。

私は、「ナニワ金融道」は、まさにバルザックだと思ったんですが、「闇金ウシジマくん」はさらにヘビーですね。借金地獄に陥った人々を、さらに地獄に突き落とす。この不条理さ。

これは、グリム童話とかアンデルセンとか日本の昔話とかに通じるものがあります。勧善懲悪でもなくカタルシスがあるわけでもなく救いのあるラストもなく。だからこそ、それを読み聞かされた者たちは「深い森に一人で入るのはやめよう」とか「金儲けもほどほどにしなくては」とか「人間関係は慎重にしなくてはならない」とか、いろいろな教訓を得るんだと思います。

私も、「そんなお話が書けたらな……」と日々、思っているんでございます。

◆今年もありがとうございました◆10/12/26

いやはや。

なんだか久しぶりの更新でございます！

久々のフルタイムの出稼ぎが結構体に来ていまして、とうとう、十二指腸潰瘍を再発させてしまいました。

痛いのなんのって。涙。

ガスター10なしでは、1日も生きていられません。

本当に、切実に、筆一本で生活できるレベルになりたいです。

でも、来年もこんな調子なんだろうな……、占い的には、来年も低迷しっぱなしだし。

なんて弱気になっていたところに、ちょっぴり嬉しいニュースが。

日本経済新聞の「2010年、読者の関心を集めた本は？　書評ランキング」で、なんと、「2位」でございました！

感謝感激、ヒデキカンゲキ！　でございます。

書評を書いてくださった野崎六助様、本当にありがとうございました！

「更年期少女」は、このほかにもいろんな書評家様に取り上げていただいて、その内容もどれも素晴らしくて、「もう、これで死んでもいいかも」なんて思ったものですが、人間、生きていると欲が出てくるものです。

もっともっと多くの人に拙作が読まれますよう、神様お願いします。などと、胃のあたりをさすりながらいつのまにか祈っている私です。

ということで、公式に発表されたようなので、ここでも告知しておきますね。

2月9日、講談社ノベルスから「聖地巡礼」という作品が発売されます。メフィスト賞をいただきながら、なんと、初のノベルスです！（アンソロジーでは参加してはいますが）

新幹線、夜行列車、飛行機などなど、長旅のお供として読んでいただけたらいいなーという思いで書き上げました。

5つの「パワースポット」を巡る連作短編集です。ホラーあり、ミステリーあり、ＳＦありのてんこ盛り。

どうぞ、よろしくお願いいたします！

第2章

蜘蛛の糸を見上げながら

売れない小説家でしたが、ちょくちょくエッセイのお仕事を頂いていました。

しかも、「小説家、もう辞めちゃおうかな……」と弱気になっているタイミングで、依頼がくる。これが、本当にありがたかった。金銭的にも、メンタル的にも。

「ああ、私、まだこの業界にいていいんだ」って気にさせてくれました。まさに、地獄に下ろされた蜘蛛の糸。

そんなときに書いたエッセイをまとめてみました。

「私の帳簿術」

四角四面な性格である。神経質なのである。中学時代のあだ名は、「憲法おばさん」だった。何事に対しても、「こういうことは禁止されている」と、法律を引き合いに出していちいち口うるさい。漫画でいえば、風紀委員キャラだ。口うるさいが小心者で、事件が起きると真っ先に逃げるか、殺される。高校時代のあだ名は、「雑巾の女王」だった。手のひらサイズのマイ雑巾をどこにいくでも持ち歩き、少しでも埃を見つけると、授業中だろうがなんだろうが、徹底的に拭きまくる。教科書を忘れても、雑巾を忘れることはない。漫画でいえば、やっぱり殺される変人キャラだ。

だからといって、この性格が日常のすべてを支配しているわけではない。ある一面においては、自分でも驚くほどルーズだ。例えば、家計。帳簿なんてつけたことがない。とりあえず一日千円と予算は立てるが、それがオーバーしたところで、慌てない。さすがに衝動買いが過ぎたときは、「次の入金までもつだろうか」と、就寝時に強度の不安に襲われる。が、不眠症の原因になることはない。翌日から少々、財布の紐が堅くなるだけだ。

私の性格からいって、帳簿をつけ出したときのほうが、危ない。完璧を目指すに違いない。数字が合うまで何度も計算し、計算が合っていても「本当か？」と検算を繰り返し、赤字になったら「私のバカ、バカ」といつまでもいじいじと反省し、さらに記入した自分の字が気に入らないと何度も消しては書く……、そして血走った目で朝を迎えるのだ。ホラーである。

要するに、精神衛生上の理由から、帳簿を避けてきたのだ。言い訳ではない。

しかし、逃げてばかりもいられない。フリーになり、自分で確定申告をしなくてはならなくなったのだ。事業主として、収支表をきちんと作成しなくてはならない。一年目のとき、「よし、やるぞ」と確定申告と帳簿のマニュアル本を買ってみた。でもやっぱり、性に合わない。帳簿をつけることが生活の目的となり、それが人生のすべてに思える瞬間を感じたのだ。危ない。このままでは、帳簿に取り込まれてしまう。そこで私が考案したのが、レシート箱だ。

なんてことはない、日々の買い物で発生するレシートを、経費、プライベートかかわらず、とりあえず、箱に入れておくのだ。この箱には、公共料金の領収書やカードの利用明細なども入れておく。外出したときは、その日のレシートに行き先と目的そして交通費を記入しておく。ついでにその日目撃した印象的な出来事についても書いておく。請求書や原稿料などの支払い書も入れておく。とにかくお金に関するすべてのものを突っ込んでおく。この時点では何も考えない、考えてはいけない。あいまいにしておく。これが継続のコツだ。

一年も経つと、レシート箱はありとあらゆるサイズの紙でてんこ盛りとなる。そして、二月。体調も気分もよい日を選び、箱を床にぶちまける。すごい量だ。一瞬弱気になるが、ここで、四角四面で神経質な性格の出番となる。短期間なら、私の神経質は素晴らしい粘り強さを発揮するのだ。

まずは、プライベートと経費を分け、さらに経費を項目ごとに分類、次に日付順に並べる。これだけで一日はかかる。だが、集中力が漲っている私には、苦ではない。それどころか、「この日、パソコンが壊れて。半泣きで買いにいったっけ」「そしたら帰りの電車で、『私はこれで痩せました』と大きく印刷されたバッグを持っているおばさんを見かけた」「でも、全然やせてなかった」「あれは虚偽広告にあたるんでは?」などと、一年を振り返る余裕まであったりする。振り返り過ぎて、作業の手が止まることもしばしばだ。データ入力に漕ぎつけるまでに、丸二日かかることもある。

たぶん、この方法は正しくはないだろう。帳簿の王道は「日々の記入」だと、諭してくれる人もいるかもしれない。でも、それがどうしてもできない人もいる。それでも、やらなければならないのなら、自分の性にあったやり方を見つけるほかない。たとえ邪道であったとしても、私にとっては王道なんだ、と自分に言い聞かせ、今年も確定申告をなんとか終わらせた。

（「クロワッサン」収録）

「私の妄想術」

クローズアップよりロングショットが好きだ。対象物を絞り込むことなく、あえて中心をなくしたあいまいな構図で全体を見せ、解釈の多義性を図る。絵でいえば、肖像画より群像画。映画でいえば、戦艦ポチョムキンより無防備都市。

なんか、難しいことを書いてしまった。これ以上書くとボロがでそうである。つまり、あれこれと妄想をかき立ててくれるものが好きなのである。

気になっている絵がある。正確には銅版画であるが、その名も「ジン横丁」。

ウィリアム・ホガースという十八世紀の画家が描いたもので、当時のイギリスで深刻な社会問題であった「ジン」の害毒を分かりやすく風刺した絵だ。はじめて目にしたときは何がなにやらよく分からず苛ついた。この滅茶苦茶加減はなんだ？

まず目に飛び込んでくるのが、階段の上にだらしなく座る女。乳房を露わにしている様子から、授乳途中の母親らしい。が、赤ん坊はというと、地面に向かって頭から落ちようとしている。母親はそれに気づかない。

階段の下には、白目を剝き骸骨のようにやせ細った男。男が手にしているジンを犬が狙っている。いや、犬は男が死ぬのを待っているのかもしれない。男の肉を食べるために。

階段の左上は、質屋の入り口のようだ。仕事道具を売ろうとしている職人夫婦。ジンを買うためだろう。でも、それを売ったら仕事は？　まさに転落人生の入り口だ。手前では、骨をしゃぶる男。犬の餌を横取りしたのだろうか。いや、待て、それは、もしかして、人間の骨なのか！

右側では、酔っ払い女が荷車に乗せられている。付添い人が女になおもジンを飲ませているのは、おとなしくさせるためか。荷車を押している男の顔がいかにも悪人だ。女をどこかに売り飛ばすつもりか？

その横では、母親が赤ん坊にジンを飲ませている。赤ん坊を酔わせて眠らせて、仕事に出るために違いない。稼ぎはもちろんジン代に化けるのだ。

その後ろでは、酔っ払いたちがなにやら騒いでいる。見るとジン樽が積まれている。ジンをよこせとつめかけているのか。どさくさに紛れて二人の少女が、ジンで乾杯をしている。

ここまで見てどっと疲れてしまった私だが、「ジン横丁」はまだまだ続く。奥のほうに目をやってみると、女が棺桶に詰め込まれようとしている。女はどうやらまだ生きている。しかし、周りは酔っ払いばかりで、誰も気づかない。そして。

それを見たとき、私は思わず声を上げた。男がなにやら楽しげに棒を掲げている。棒には……赤ん坊だ。赤ん坊が串刺しにされている！　その横では女が血相を変えている。赤ん坊の母親か。さらによく見ると、男は、料理屋か肉屋のようだ。肉と間違って我が子を串刺しにしてしまったのか。そして、それを売ろうとしているのか！

半壊した家の中を見てみると、首を吊っている男もいる。自殺だろうか、吊るされたのだろうか。吊るされたとしたら、ジン欲しさに強盗に入った酔っ払いによってだろうか。それとも……。あれ？　何かが落ちてきている。視線を二軒隣の家に移してみると、なんと、倒壊しているではないか！　レンガがつぎつぎと地上に向かって落下している。

そして、視線は再び階段に座る酔っ払いの母親へ。その手に何か持っている。煙草？　なるほど、煙草を吸おうとして赤ん坊を落としてしまったらしい。うん？　体にはところどころ傷やら痣やらも見える。亭主もやはり飲んだくれで、殴られたのだろうか。女はよく見ると、顔立ちはきれいだ。きっと、かつては美人だったのだろう。村一番のかわいこちゃんともてはやされ、女優なんかに憧れていたのかもしれない。しかし、ロンドンに出てきて、早速男に騙されて無一文、コーヒーハウスの女給になるも、性懲りもなくまた変な男にひっかかって、ドメスティックバイオレンス。そして、ある日手にした一杯のジン――。

はっ。気がつけばすっかり「ジン横丁」に入り込んでいる。どのぐらい時間が経ってしまったのだろう？　……こんな具合に、素敵な妄想タイムを提供してくれるものが、私は大好きなんである。

（「クロワッサン」収録）

「私のたからもの／避難命令！　そのとき、私が手にしたものは？」

このエッセイを書いているのは、締め切り当日だ。お題をいただいてから一ヶ月以上が経っているのに！　放置していたわけでも、忘れていたわけでもない。この一ヶ月、私はずっと「宝物」について考えていた。考えすぎて、「そもそも宝ってなんぞや？」と、その由来についてネット辞典で調べる始末。

①希少であるがゆえ、貴重なもの。②財産、金銭。③かけがえのない大切な物、または人。

……うーん。

視点を変えてみた。宝物というぐらいだから、緊急時やいざという時に、真っ先に持ち出すものだろう。で、いろいろと記憶をたどっていくと、小学生の頃、まさに危機一髪な事件に遭遇したことを思い出した。家の裏にある崖が大雨で崩壊寸前！　逃げろ！　という避難命令が出たのである。そのとき、私が持ち出そうとしたのは、なんと、百科事典全巻だった。パニくりながら百科事典全十巻を紐でくくっていると、避難命令解除。事なきを得たのだが、我に返って唖然とした。大好きなアイドルの切り抜き帖よりも、漫画よりも、お年玉をためた預金通帳よりも、百科事典！

当時、私が持っていた百科事典は、小学校入学時に母が訪問販売員の口八丁に負けて買ってくれたものだ。相当なお値段だったという。昭和なボロ長屋にはとても似合わない代物だが、「Mちゃんちは購入しました」というセールストークにつられて、母は衝動買いした。

Mちゃんとは、近所に住んでいた私と同い年の子だ。色白でかわいくて日舞も習っていた評判の美少女。どういうわけか、母はこの子と私をよく比較した。「Mちゃんがあんなに色が白いのは果物をたくさん食べているからだ」と、あまり好きではなかった果物を無理やり食べさせられたり、Mちゃんが習字をはじめたというと習字教室に通わせたり、さらに習字コンクールで私が金賞をとったときは、「金賞ぐらいでいい気になるな、Mちゃんは特別賞よ！　金賞より、いい賞なのよ！」と逆切れしたり、Mちゃんがお誕生日会を開いたといえば、うちも開いてみたり。とにかく、なにかとMちゃんと張り合っていた。

鬱陶しいことこの上なかったが、「百科事典」を得ることができたのは、まさに儲けもんだった。Mちゃんがいなかったら、まず買ってもらえなかっただろう。
私の興味と雑学の基礎は、すべて、この「百科事典」から拾ったものだ。サナダムシをはじめて見たのもこの百科事典で、それが後々になって私のデビュー作につながる。すでに現物は残っていないが、私の脳には、百科事典をむさぼり読んでいた記憶がしっかり永久保存されている。この記憶こそが、「私のたからもの」なのかもしれない。
それにしても、なぜ、母はあんなにMちゃんをライバル視していたのだろうか。どんな大人の事情が隠されていたのか。何かの機会に聞いてみたい。

（「ジェイ・ノベル」収録）

「初めての著者近影」

小学生の頃である。漫画「愛と誠」の第一巻を読み終えて余韻にどっぷりと浸っていると、ふと写真が目に入った。どうやら、著者の写真らしい。それまで愛読していた少女マンガでは、著者の紹介は似顔絵が大半だった。しかも、似顔絵はかなりの確率でベレー帽をかぶっており、当たり前だが顔も漫画風で、だから、著者そのものも架空の人物のように思っていた。が、「愛と誠」で二人の先生のリアルな顔が現れて、ちょっとしたパニックになったものだ。あいまいだった虚構と現実の境が、くっきりと描かれた瞬間である。

それからというもの、著者の顔が気になって仕方なくなる。本を読むとき、著者近影の有無をまず確かめるのが習慣になった。そして私は気付く。どうも著者近影があるのは「ノベルス」と呼ばれる本に多い。しかも、どれも微笑ましいほどに個性的だ。作品の登場人物のコスプレをしていたり、照明に懲りすぎて顔が真っ白になっていたり。とはいえ、やっぱり、カッコいいのである。ザ・作家という感じで、神々しいのである。「なに、この写真〜(笑)」といいながら、いつのまにか、著者近影の枠に自分の顔写真が載っているところを妄想しているのである。

その妄想が、現実になるときがきた。とうとう私の作品がノベルスになるというのだ。著者近影を準備しなくちゃ！　が、担当さんは言った。「載せるかどうかは、お任せします」

え？

「ぜひ、先生の近影をお願いします！」「そうね……。本当はイヤなんだけど、そこまで言うなら仕方ないわね」的なやりとりを小学生の頃から妄想していた私は、大いに混乱した。悩むこと二日。「載せたら自意識過剰な人と思われるのがオチ、やめておきなよ」「いや、ノベルスといえば著者近影でしょ！　載せなくちゃ！」この二つの声の鬩ぎあいの結果、私が出した答えはなにか？　それはどうぞ、講談社ノベルス『聖地巡礼』でご確認ください。

（「メフィスト」収録「『聖地巡礼』に寄せて」）

第3章

生存確認（脱地獄篇）

いよいよ小説の仕事も激減し、エッセイの依頼もなくなり、持病の十二指腸潰瘍も悪化するばかり。気がつけば、派遣先と自宅との往復で1日が消費される毎日。ブログの更新も滞って。

このまま小説家、辞めちゃおうかな……と真剣に考えていた、2011年の冬。

まさに、真っ暗闇のどん底でした。

そして、3・11。

派遣先にも通えなくなり、まさに、万事休す。

そんな私を待ち受けていたものは？　さらなる地獄か、それとも……。

◆それって、本当に必要ですか？◆11/04/07

3・11から、もうすぐ1ヶ月。

世の中は自粛ムード真っ只中ですが、私は消費スイッチが入ったようで、なにかと無駄遣いしています。

と、いっても、使えるお金がそもそも少ないので、もっぱら、ランチをちょっと贅沢しよう、とか、欲しかったけど我慢していた1枚1000円のハンカチを買っちゃった、といった程度なんですが。

あ、一番の贅沢は、震災があった翌日に、美容室に行ってカラーリングとカットをしたことでしょうか。ぶっちゃけ、1万円とちょっと。自分でもわけの分からない散財で、派遣先の同僚にも、「震災のどさくさでイメチェンっすか！」とからかわれたものですが、値段の分だけイメチェンを楽しめたので、満足。

あと、普段買ったことがない、4ロール390円のトイレットペーパー。まあ、これは、それしか残ってなかったので仕方なく、だったのですが、これがこれが、素晴らしい。値段だけはあります。トイレにいくたびに、バラ色な気分になれました。あと、計画停電のおかげで、買ったはいいがあまりに高級っぽいのでなかなか使えなかったクリスマス仕様の蠟燭に、はじめて火を灯しました。その火のもとで飲んだダージリンティーのおいしいこと！

こんな感じで、小さな贅沢を楽しんでいるわけですが、ACのコマーシャルを見るたびに、怒られている気分になります。特に「それって、本当に必要ですか？」ってやつ。

なにやら、私の作品そのものを言われているようで、マジで凹みます。

あと、一人鍋が当たり前の生まれつきコミュニケーション不能の私にとって、「和」を強調するACのコマーシャルは、本当に辛い。

いや、「和」は大切ですよ、「和」は。否定しません。

でも、その行き過ぎた「和」の歪みが作り出した「影」の部分を作品のテーマとしてきた私としては、なにか、ちょっぴり、不気味な感じもするのでございます。

でも、今は、ある程度のプロパガンダも必要ですし、出来すぎた美談も、過剰な励ましも、歯の浮くような言葉も必要な時期だと思っております。いえ、本当に、心からそう思っています。こんな私だって、心がどうしようもなく折れたときは、単純なエールが一番のカンフル剤になります。今は、とにかく、嘘でも大袈裟でも作り物でも、エールを連呼する時期でしょう。そして、善意を徹底的に吐き出すときでしょう。

ですが。

その時期が過ぎたあとも、「それって、本当に必要ですか？」なんてテレビで言われたら、早速、小説のネタにしてやろう……などと、思っています。悪意ばりばりで。

われながら、性格悪いな……と思うのですが、性格悪くなければ、作家なんてやってられません。なにしろ、作家は、「必要のないもの」をせっせと作り出してお金をいただく、実に業の深い職業でございますから。

◆必要ですが、なにか？◆11/04/08

「それって、本当に必要ですか？」について。

昨日、日記を投下したあとに気がついたのですが、トイレットペーパーをいくつもご購入されている方に、「それって、本当に必要ですか？」と質問したら、「必要ですが、なにか？」と一蹴されると思うんです。

今回、スーパーからまっさきに消えたのは、まさに、生活必需品。灯油やガソリンもそうです。そしていきなりの計画停電の発表、いわずもがな電池と蠟燭とカップラーメンとレトルト食品が消えました。

そうなんです、「それって、本当に必要ですか？」というのは、愚問もいいところなんです。非常時に、わざわざ要らないものを大量に買う人なんて、いませんて！　必要だから、大量に買ってしまうのです！

どうせなら、

「それって、ちょっと買いすぎではありませんか？　確かにトイレットペーパーは必需品ですが、そんなに買ったら、置くところに困りませんか？」とか言えばいいんです。

それにしても、トイレットペーパー不足と買い占めは昭和の時代にもありました。学校のトイレに「トイレットペーパーは、１回15センチまで」という紙が貼られるほど、深刻だったわけですが、まさか、平成になってまで繰り返すとは。

うちの近所のスーパー、食料品よりも先にあっという間に消えたのがトイレットペーパーでした。トイレットペーパーって、生活の根底を支えている偉大な存在だったんだな……と、久々に気づかされた次第です。

◆フジコ◆11/04/26

5月初旬に発売予定の文庫版「殺人鬼フジコの衝動」の見本がアップしたそうです。

近々、手元に届くのですが、とても楽しみです。

なにしろ、帯文に精神科医の名越康文氏、解説に人気書評家の藤田香織さん。

もう、なんて贅沢なのでしょう！

名越先生は、テレビでよく拝見していまして、「潔癖症の私を診断してくれないだろうか」などと真剣に考えておりました。

まさか、こんな形で縁ができるなんて！

もう、本当に感激です。

藤田香織さんは、「だらしな日記」をずっと拝読しておりました。

「いつか、この方に書評してもらいたいわ」などと思いをめぐらせていたデビュー前。

その願いは、デビュー作「孤虫症」で早速かないました。

「このミステリーがすごい！」の中での新人賞総括。対談という形で、「孤虫症」も取り上げていただいたのです。そうとは知らず、本屋で「このミス」を立ち読みしていた私、唐突に自分のペンネームが出てきて、「ひぇ」と声を上げたことが昨日のようです。

本日は、他にも吉報がありました。

新刊が、新刊が、新刊が、夏頃に出せそうです（号泣）。

もう、一冊一冊が、命がけです。これで終わりかもしれない、という思いで、一冊一冊に賭けています。吹けば飛ぶよな零細作家、とにかく、本が出せることが至福の喜び、そのために、今日も徹夜で副業に励むのです。

◆念願の◆11/04/27

なにやら、眠れません。

この夏に発売予定の小説の原稿を引っ張り出してみました。

1稿が2004年の5月、最終稿の5稿が完成したのが2009年の12月。

しかも、「メモ」という形で、2001年に入力したプロットもあります。

なんと、10年！　我ながら、気の長いお話です。

でも、着想はもっと前で、その構想期間を含めると、20年近くなると思います。

それが形になるというのですから、興奮するのも仕方ありません。
実は、去年の春先に形になる予定でした。でも、諸々のタイミングが悪かったのでしょう。
それは流れ、そして1年。半ば諦めていたのですが、担当様とその上司様の御厚意により、
ようやく出版に漕ぎ着けました。出版不況のみならず、この未曽有の事態。にも拘わらず、
私の作品で冒険してくれるというのです。版元様には本当に感謝するしかありません。
詳しいことが決まりましたら、また、ここでご報告させていただきます。

◆どうするの？◆11/05/08

どうしたものか。


生まれは宮崎県ですが、育ちは神奈川、静岡です。

どちらも「大地震くるくる」教育が盛んで、小学校の頃から地震対策の英才教育を受けてまいりました。防災頭巾、繰り返される避難訓練。

もう、30年以上も、地震の強迫観念を叩き込まれています。

が、今回のことで、地震そのものよりも人災のほうが恐ろしいことを私たちは改めて教わ

りました。

人にとって危険なのは、人が作ったもの。それは家であったりビルであったり、家具であったり、ガラスであったり。

で、原発です。

どうしましょうね、これ。

そういえば、中学校のとき、なにかの作文が入選になり、浜岡原子力発電所に招待されたことがあります。

中学校を代表して行ったわけですが、今思えば、一種のアピール企画だったんじゃないかと。

だって、入選した作文は原発とはまったく関係ないものでしたし出来も悪い。つまり、作文の内容なんてどうでもよくて、中学生に原発見学の機会を作るのが目的かと。

でも、あまり覚えてないんですよね……。県内から集められた他校の中学生と一緒のバスツアー、ですが他校の生徒とはしゃべる機会もほとんどなく、とにかく一方的に説明を聞かされるだけの1日だったことを覚えています。あ、でも、浜松湖に寄ってうなぎの養殖場を見学したのはちょっと印象的でした。もちろん、うなぎパイのお土産つき。

それにしても、困ったものですね、原発。

私の記憶では、原発はずーっと悪役で、なんだかんだ問題を起こすお荷物で、でもここ数年CO_2削減ブームの中でいきなり持て囃（はや）され脱悪役を果たし、が、ここにきてまた悪役に転落、しかも極悪な悪役……という感じです。

なんとも波乱万丈な人生です。「繁栄」という名の下、人間の手で作られ、しかし手に負えないからといって疎まれ。

私は、なにか、フランケンシュタインとか人造人間キカイダーなどの不運なロボット物語を連想してしまいます。

生み出されたのはいいが、「怪物」として呪われる哀れな異形。

「デビルマン」のデーモンもまたしかり。

フランケンシュタインもキカイダーもデビルマンも、その物語のラストは、あまりに悲劇的です。作った者と作られた者の壮絶な戦い、そして……。

本当にどうしたものか。

いやはや、壮大な課題です。そんなものをいきなり叩きつけられ、私たちは右往左往するばかりです。

◆号泣◆11/05/09

心が捻じ曲がっている私は、世間で「泣ける」とか「感動的」とか言われる作品で、泣いたためしがありません。

物語を見て、泣くことがほとんどないのです。

我ながら冷たい人間だなーと思うのですが、それでも、「号泣」した作品が少なからずあります。

「フランダースの犬」「ハチ公物語」「名犬ラッシー」。

要するに、「犬」の話に弱いのです。特に大型犬。散歩をしているのを見かけるだけで、涙ぐむ私です。

いつだったか、イギリスに行く飛行機の中で読んだ機内冊子の記事。

イギリスで有名なエピソードを紹介した記事です。その中のひとつ。

とある紳士が外から戻ると、赤ん坊が血だらけに。その傍らにはやはり血だらけの飼い犬。

赤ん坊を殺されたと思った紳士は、その場で犬を撃ち殺します。が、もっとよく見てみると狼の死体が。そして赤ん坊の笑い声が聞こえてきます。

「お前が、狼から赤ん坊を救ったのか」と、撃ち殺した飼い犬を抱きながら嘆く紳士。もう、私の目から大量の涙が。ぬぐってもぬぐっても止まりません。ひっくひっくと嗚咽(おえつ)する私は、周囲にはどううつったでしょうか。

そして、たった今。「星守る犬」という漫画の１話をネットで試し読みしてしまいました。案の定、最初のページから泣きじゃくっている私です。

読み終わるころには、ぐちゃぐちゃ。試合後のボクサーのように目が腫(は)れ上がっています。

こんな調子では、１冊まるまる読んだあとにはどうなるんでしょう？

間違いなく、脱水状態になりそうです。

と、ここまで書くと、犬好きだと思われるかもしれませんが、実は、長い間、犬が怖くてしかたありませんでした。

小学校のころ、通っていたお習字教室。でも、教室前につながれていた犬がどうしても怖くて、なかなか教室にたどりつけません。その犬をかわすために、毎回いろんな作戦を立てていました。どれも成功しませんでしたが。

思えば、物心ついたころから犬が苦手でした。

たぶん、幼児期になにかトラウマになるようなことがあったのかもしれません。

その一方、不思議な記憶があるのです。

夢か現実か、今となっては定かではないのですが、いわゆる和犬の大型犬と戯れている小さな私、という記憶です。

犬はいかにも怖い顔なのですが、私に懐いて、私も心許して、きゃっきゃっいいながら、散歩をしているのです。

あの犬は、どこの犬なんでしょうか？

ある占いによると、犬は私にとってラッキーアイテム。いつかは飼いたいと思っていますが、今の経済状態では、まだまだです。でも、60歳ぐらいまでには飼いたい。そして、犬がその生涯を終えた1年後ぐらいに、私の寿命もつきる(77〜78歳ぐらい)。……なんていう妄想を時折しています。それまでに、犬と一緒に入れるお墓も用意しておかなくてはいけませんね。


追記。

号泣といえば、「天空の城ラピュタ」のロボット兵さんも私の涙ポイントです。ラピュタでロボット兵さんが出てくるシーンだけ、号泣しています。

先日、近くの百貨店でロボット兵のフィギュアをみかけ、いつのまにか泣いてました。もうここまでくると、条件反射ですね。

◆マネー！◆11/05/25

「スター☆ドラフト会議」という番組。

これが結構おもしろくて、なんだか毎週見てしまっています。

要するに、「スター誕生！」の21世紀版。

昭和版と一番違うのは、その対象が「歌手の卵」に限られていないこと。

早速ブレイクした「もっこりカメラマン」とか、もうなんでもありです。

で、本日、ポスト「トイレの神様」な小学生が登場して、自作のなんとも心温まるママに捧げる歌を披露いたしました。あまりにあまりな「美しく正しく感動的」な歌に、「ああ、またか……」と正直思いました。「あざといな」とも思いました。

「こんなピュア(笑)な歌を小学生に歌わせて、また一儲けか」とも思いました。

「感動した」とか言いながら、スカウトマンたちのギラギラした下心があふれんばかりです。

でも、この小学生の少女、ただものではなかった！

目標はなに？　という問いに「金儲け」と堂々といってのけました。

「お金のために、歌う」ときっぱりと。

「1億円上げるから、歌をやめろと言われたら、どうする？」という問いに「歌はやめません。1億円以上儲かる可能性があるからです」とも。

私は、そのすがすがしいまでの貪欲さに、なんだか、久しぶりに心洗われたのでした。


綺麗事は否定しませんが、でも、何か全体主義的な綺麗事が蔓延しているここ数年、この綺麗事こそが閉塞感の元凶だと思うのですが、でも、とりあえずは綺麗事を繕わなくてはならない的な風潮に激しい不安と薄気味悪さを覚えていました。

本来は「道徳」とは対極にあるはずの芸術や文学までもが、「綺麗事」教に侵食されているような、なんともいえない居心地の悪さ、窮屈さ。

そんな私のもやもやをみごと吹き飛ばしてくれた、今日のシンガーソングライター小学生。

そうそう、小学生はそうでなくちゃ。私が小学校のときも、小学生がほしかったのは「お金」だったし、将来の夢は「有名になること」だった。

手元に、小学校3年生の頃の「学級便り」が残っているのですが、そのプリントには担任の嘆きが綴られていました。

「七夕の短冊に、一人一人願い事を書かせたのですが、半分が『お金がほしい』などの『○○がほしい』で、あと半分が『成績アップ』。……これも時代なんでしょうか」

いいえ、先生。これは、時代を超えた、普遍的で素朴な「願い」なのです。

人間、「欲」で出来上がっているのは言うまでもなく、この「欲」こそが生命力の源なのですから。

そして、この「欲」にどう対峙して、どうコントロールしていくか、これが人生ってもんです。


いやいや、「人生とは」なんて大層なことを言いたいのではなくて、なんといいますか、……もっと、ナマナマしく生きようよ！　ということです。

ということで、今日のBGMは「黒の舟唄」です。

◆なんと！◆11/05/25
「殺人鬼フジコの衝動」に重版がかかりました！

重版、重版、重版……。ああ、なんて素敵な響きなのでしょう。

「重版」なんて言葉、もう私には関係のないものだと諦めておりました。

私には手の届かない次元のお話だと思っておりました。涙。

でもでも、勝負はこれから。

実際に売れてくれないことには、重版を決定してくださった版元様に申し訳がたちません。

なので、ここでもう一度宣伝しておきます。

「殺人鬼フジコの衝動」、よろしくお願いします！

帯文は精神科医の名越康文氏、解説は書評家の藤田香織氏です。

◆あと２ヶ月◆11/06/07

地デジ対策、どうしようかしら。

薄型テレビ買う？　でも、今のブラウン管テレビも現役で頑張っています。

これを処分するとなると、ちょっともったいない。

なら、チューナー買う？　でも、去年チューナー買って、１ヶ月もしないうちに壊れたし。

なら、一度解約したケーブルテレビに、再度加入する？

いやいや、工事費やら入会金やらを考えたら、テレビ買い替えたほうがお得だし。

なら、薄型テレビ買う？　でも、今のブラウン管テレビも……（以下、略）。

こんな感じで、堂々巡りしていたら、いつのまにか、地デジになってました！

なんで？

しかも、いつのまにかBSも映るし！

もしかして、神様が、哀れな私に奇跡を？

いや、でも、さすがに「うちのアナログテレビをどうか地デジにしてください」なんていう無謀かつファンタジーな願いはした覚えはありません。

だから、なんで？

そんなことを思いながら、テレビを凝視していますと、テロップが流れてきました。

要約すると、ケーブルテレビ局がデジタルをアナログに変換しているらしい。

ああ、なるほど！　そういえば、うちのマンション、地上波はケーブルテレビを介して配信されているんだった。

なんかよく分からないけど、ラッキー！

……と、素直に喜んでいていいもんでしょうか？

7月のその日になって、いきなり、それが解除されたりしない？

でも、ま、いいか。そのときは、そのとき。

そのときに考えましょう。

◆これからの予定◆11/06/10

なにやら、巨大な太陽フレアが観測されたそうです。

太陽フレアといえば太陽風ですが、11年周期で強烈な太陽風（太陽嵐）が吹くとのことです。

ああ、確かに、今年は太陽嵐がくると言われていたような。

1999年頃にも「太陽風」注意報が出ていた記憶があります。

「太陽嵐」が吹いたら、世界中が停電するとか、飛行機の制御が不能になって事故が多発するとか。

でも、その年は、2000年問題のほうが深刻で、「2000年になったら、全世界のコンピュータが暴走する」なんて言われてましたね。覚えてますでしょうか？

結局、たいした事故に直結することはなかったのですが、あれから11年。

今年は、なにかヤバい感じです。

6月だというのにすでに、ワシントンとか、38度の猛暑ですからね！

アメリカは、ちょっと前にも立て続けにハリケーンが発生してましたよね。

これらの異常気象は、太陽黒点と関係あるとかないとか。

太陽嵐も黒点が活発化するときに発生するものですし、その一方、黒点が消失した、なんていうニュースもありました。

黒点が消失する（太陽活動が低下する）とどうなるかというと、一説ではミニ氷河期の前兆なんだとか。

氷河期というとマンモスとか原始人とかなんだか途方もない感じですが、ミニ氷河期は結構最近の出来事です。

前のミニ氷河期は16世紀〜19世紀。

この頃の欧米の絵画の中には、川や海が凍っている風景を見ることができます。テムズ川とかセーヌ川も冬になると当たり前のように凍ったそうです。スケート好きな人にはもってこいですが、しかし、飢饉が頻発したのも事実。

日本でも、この時代は飢饉が多発、食料をめぐっての争いも各地で勃発し、まさに戦国時代でした。

で、19世紀半ばにミニ氷河期を抜けて地球は温暖化していくのですが、この温暖化はしばしの小休止、21世紀半ばにはまた厳冬の時代になる……というようなことを、小学校のクラス文庫にあった、ちょっと怪しいジュニア向け百科事典で読んだ記憶があります。

飽食の時代が終わって、食料争奪のサバイバル時代に突入するとかなんとか、そんなことをいかにも恐ろしいイラストつきで紹介されていました。

あと、これは私の妄想なのですが、伝染病とかの周期も、太陽黒点と関係しているような気がします。ペストとか、新型インフルエンザとか、O157とか。病原菌やウイルスの出現と太陽黒点の関係を、誰か調べてくれないかしら。


……と、いきなり、脱線しました！

今日は、これからの予定について書き込むつもりでしたのに、なんか、また、妄想を繰り広げてしまいました……。


では、改めて。

「深く深く、砂に埋めて」が文庫落ちします！

「パリ警察(仮)」が発売されます！

詳しい日にちについては、また後ほど。

「パリ警察（仮）」の1稿が上がったのは、デビュー前の2004年。あれから7年。ようやく日の目を見ます……（号泣）。

「パリ警察（仮）」を書き上げる際には、デビューもしてないのに、フランスまでわざわざ取材旅行にもいきました。もちろん、超貧乏旅行。南回りの格安ツアーです。へとへとの旅でした……。

◆ありがとうございます！◆11/06/12

徳間書店の担当さまからご連絡がありました。

有楽町の2つの書店で、「殺人鬼フジコの衝動」がプッシュされているらしいです。POPの画像も送っていただきましたが、……これは、マジでやばい！

あのフジコが、こんなに愛される（？）日がくるなんて。

そのPOPが素晴らしすぎて、売り上げも好調とのこと。

……こんなに素敵なことが突然起きるなんて、私、死んでしまうんでしょうか？

プッシュしてくださった書店員さま、そして、フジコを粘り強く宣伝してくださっている徳間書店の書店営業さま、この場を借りて、深く、深く、御礼申し上げます。

深く、深く……といえば、「深く深く、砂に埋めて」の文庫ゲラが本日届きました。

他の「ドロドロ」ものとはちょぃと違うテイストで、文章も意識して変えています。

が、この親本も、ぶっちゃけあまり売れなかったな……(遠い目)。

この路線はやっぱ駄目なのかしら？　と思っていたら、うちの母から「あの小説〝は〟とても気に入った」と連絡がありました。どうも、他の作品はどれもいまいち肌に合わなかったようなのですが、「深く深く……」だけは大変好みだったようです。

私も、とても気に入っているんですよね。ひどく思い入れのある作品です。

その思いをつづった文章があります。

ちょっと、長くなるんですが、「深く深く……」の親本が発売されたときに、「本」というPR誌に掲載されたエッセイを引用してみますね。

ロマンス宣言（「本」2007／10月号）

三歳～四歳の頃は、「神童」と言われていた私です。「この子はとんでもない天才だ！」などと言われていたわけですが、まあアレです。親馬鹿の過大評価です。ではどうして親がそんなに大騒ぎしたのかといえば、一度聴いただけで歌を覚えてしまう、という特技を持っていたからです。絶対音感などという大層なものではなく、覚えるのは歌詞だけ。覚えた歌詞に適当にリズムをつけて読経するように歌っていたそうです。

その頃、日本を席巻していたのはグループサウンズでした。ピークの昭和四十二年から昭和四十三年までは、どのチャンネルを回してもグループサウンズ、毎日のように新曲が生まれていましたが、それを次々とマスターしていたのだそうです。残念なことに、今ではそのほとんどを失念してしまっているのですが。記憶しているのは、強く印象に残った数曲のみ。

その数曲のうちでも、未だに口ずさんでしまうのが、ザ・タイガースの「美しき愛の掟」。

君のためなら獄死しても構わない……と高らかに宣言する曲なのですが、それを、美少年沢田研二（ジュリー）がせつせつと歌い上げるのですから、これはもう、四歳の私だって、うっとりしてしまいます。あの頃の私が歌詞の意味をどこまで理解していたかは疑問ではありますが、強烈な「ロマンス」を感じていたのは間違いないでしょう。そうなんです、グループサウンズはロマンに溢れていました。僕のすべてを君に上げる……的なことを連呼するザ・ゴールデン・カップスの「愛する君に」も大好きでしたし、湖に身を投げた彼女の幻を追うザ・テンプターズの「エメラルドの伝説」も素敵でした。それからそれから……。

こんな感じで、歌謡曲に塗(まみ)れて育った私です。いや、待て。グループサウンズは歌謡曲か？　という反論もあろうかと思いますが、グループサウンズは、ブリティッシュ・ロックのムーブメントに乗ったフリをした、れっきとした「歌謡曲」。日本特有のサウンドであると私は考えるのですが、ま、その話はここでは封印。

今日は、歌謡曲のお話です。

歌謡曲は三分間のドラマだと言われていますが、まったくその通りだと思います。短いフレーズと時間の中に、これでもかってぐらいにドラマがぎゅうぎゅうに詰め込まれている。キャラ立ちも凄い。「こんなバカはいない」と突っ込みを入れたくなるほど、極端な人ばかりが登場します。さらに、彼らは極端な思考に取り付かれている。愛に命を捧げようとか、君のためなら死んでもいいとか、暑苦しい情熱の嵐が吹き荒れているんです。よくよく聞いてみると背徳的なフレーズも多く、「殺す」だの「殺して」だのも、結構でてきます。身近な日常を歌うJポップスが主流の今、改めて歌詞を読んでみると、ちょっとびっくりしてしまいます。でも、そんな歌謡曲が、私は死ぬほど好きなのです。毎日、毎時間、聴いていたい。実際、聴いていました。

が、私が高校生にもなると、ニューミュージックというのが台頭してきます。クラスのみんなは騒いでいますが、でも、何か違う。何かが足りない。

　そんなとき、私の耳に飛び込んできたのが、「あなた色のマノン」。岩崎良美の三曲目です。私の中のロマンス魂が久々に反応しました。「なんなの、この素敵な世界観は？　これこそ純愛だわ！」。作詞は、なかにし礼。ちなみに、前述の「美しき愛の掟」も「愛する君に」も「エメラルドの伝説」も、なかにし礼作詞です。どうも私は、なかにし礼さんの作風がツボのようです。

　さてさて、「あなた色のマノン」。調べてみると、この曲には元ネタがあって、それは「マノン・レスコー」というフランスの古い小説だというのです。きっと素敵な純愛ドラマに違いない、私、早速、本屋に行って文庫本を買いました。わくわくしてしまって、居ても立ってもいられなくて。家まで我慢できなくて、電車の中でページを捲ってしまいました。

　が、途中で、挫折。なんだ、このバカは！

　ヒロインのマノンはどこまでいっても自己中心的でろくでなし、「愛しているのはあなただけよ」といいながら、お金と贅沢のために平気で恋人を裏切る。そんなマノンにハマってしまった貴公子グリュウは、これまたボンクラで頼りにならない脛かじり。とにかく、バカなんです、二人とも。別れてはひっついての繰り返し。で、ひっつくたびに悪い選択をしてしまい、泥沼にハマっていく。みごとな自業自得。典型的なバカップルです。高校生の私は、そのあまりの愚かしさに最後まで読めませんでした。思春期特有の潔癖症に侵されていた上に病的に真面目な堅物高校生でしたので、二人の背徳行為がとても耐えられなかったのです。「純愛」だと思ったから読んだのに。なんだ、この尻軽女は！　なんだ、この情けない寝取られ男は！　と、文庫本をどこかにやってしまいました。

それから数年後、私は映画学校に進みました。バイトに明け暮れる日々でしたが、辛い労働の最中、頭を過(よ)ぎるのは「あなた色のマノン」のフレーズ。どうしてここまでこの歌が引っかかるのか、忘れられないのか。私は、再度、小説マノン・レスコーに挑戦してみました。ちょっぴり大人になっていた私でしたので激昂することなくページを捲り続けたのですが、しかし、やはり主人公の二人に感情移入することができない。相変わらずのバカップル。苛々するったらありゃしない。それでも頑張って、ようやくラストまで辿り着きました。

……そして、泣きました。号泣しました。バイト先の従業員休憩室。真夏の西日をさんさんと浴びながら、ぬるくなったジンジャーエールもそのままに、私は震えながら泣きました。

なんて美しく残酷な結末なのでしょう。愚かしさ故の美。

それからはマノンのことで頭がいっぱいになり、バイト中もそればかりを考えていました。男の運命を狂わす魔性(ファムファタル)、マノン。でも、本当にそうかしら？　もしかして、「魔性」だったのはマノンではなくグリュウのほうではなかったのか。彼と出会わなければ、マノンは自分にぴったりのパトロンをみつけて案外幸せに暮すことができたんじゃないのかしら。マノンほどの器量としたたかさと賢さがあれば、成功も望めたはず。なのにグリュウが現れて、彼と離れることができなくなって、マノンの運命が狂ったんじゃないのかしら。そんな思いがぐるぐると巡り、夏休みが終わる頃には頭の中で一本の映画が出来上がっていました。しかしそれはそのまま頭の奥に仕舞い込み、卒業制作に向かってまったく違う作品にとりかかったのでした。

その仕舞い込んだ作品が、今年になってようやく「小説」という形で復活しました。二十余年、私の中で発酵し続けていた作品ですから、書きはじめたら早かった。あっというまにラストまでいってしまいました。詳細は当初考えていたものから随分と変ってしまいましたが、核だけは変っていません。あえて破滅の道を選ぶ男女の愚かな情熱。どうしてそっちに行くんだ！　こっちのほうが安全だ！　と周囲からいろいろとアドバイスされながらも、どうしても間違った道を選んでしまう盲目の愛。タイトルは『深く深く、砂に埋めて』。理想的な恋愛劇を描くことができたと、こっそり自負しています。

とはいえ、リアルでは決して起って欲しくない物語です。情熱に身をやつし、破滅するような人生なんてまっぴら御免ですもの。だからこそ、ひと時の甘美な「破滅（ロマンス）」を味わいたいのかもしれません。だからこそ、私は歌謡曲を口ずさむのでしょうし、小説を読むのでしょう。これって、私だけでしょうか？　いえ、時代は変っても、「ロマンス」に対する欲求は普遍的だと、私は思うのです。

◆太陽の休暇◆11/06/16

6／10に、「ミニ氷河期」のことを書きましたが、やはり、どうも、太陽活動が休止期に入る可能性があるようです。

ついでに、ここ100年ぐらいの「地球温暖化」は、CO_2よりも（もちろん、それも多少は影響あるでしょうが）、太陽活動の影響が大きく、つまり、太陽が元気ハツラツの時期だったからだそうです。

が、近々、休眠状態に入ると。

前のミニ氷河期の例を見ると、テムズ川は凍りスケートができて、ニューヨーク湾は凍って、で、飢饉続きで、日本もヨーロッパも大変難儀し、フランスなんかは、大革命まで起こってます。

こうなると、……なんか、太陽電池もヤバそうな気がします。

日本のエネルギーを太陽だけで賄おうとすると、日本中、例えば富士山までパネルだらけにしなくてはならないようですが、そこまでして、肝心の太陽のエネルギーが下がったとなったら……。

自然というのは、つくづく、ままならないもの。

人間は、それに右往左往されるのが運命。本当に悲しく滑稽だな……と思ってしまいます。

でも、ままならない自然であっても、唯一、ヒントを与えてくれています。

それは、「法則」であったり、「周期」であったり、「歴史」であったり。

温故知新、この言葉が、これからの時代のキーワードとなるでしょう。

◆見えないけれど、そこにある。◆11/06/17

「デスパレートな妻たち」の流れで、「コズミックフロント」（再放送）っていう番組を見ました。

宇宙に関する番組で、今回のお題は「ダークマター」。

理数系の脳をまるっきり持たない私ですので、そのほとんどが理解できなかったのですが、なにか、ものすごく心地よかったです。

この手の番組を見ていると必ず睡魔に襲われるのですが、その睡魔が、今日は本当に素晴らしかった。

やさしく甘く私を包み込み、睡眠と覚醒の間へとゆらゆら誘う。

こんな良質な「うとうと」は、めったにありません。それだけ、いい番組ってこと。

……で、肝心の「ダークマター」なのですが、日本語にすると、暗黒物質。ブラックホールとは別物です。

なんでも、この宇宙の大半が、暗黒物質であふれているんだとか。私たちのすぐそこにもあるらしいです。っていうか、私たちは、暗黒物質というお風呂の中にいるというほうが正しい？　でも、「暗黒」というぐらいですから、目に見えないし、観測することもできない。

でも、間違いなく存在する「なにか」。

あ、ということは、星と星の間が真っ黒に見えるのは、「なにもない」からではなくて、もしかして「ダークマター」で満ちているから？

いや、ちょっと、待って。見えないけれど存在するなにかって、……それって、もしかして、「幽霊」のことでは！

……などと、うとうとしながら、しばし、宇宙のロマンに漂ってました。

ダークマターの正体であるかもしれない「超対称性粒子」っていうのも興味深かった。

番組では、鏡を使って説明してくれたけれど、そう、鏡って本当に不思議。いまだに、鏡を見るたびに、「今映っている私って、本当の私じゃないんだよな……」とふと考えてしまいます。だって、なんで、右と左が逆になるのよ？　と、こんな大人になっても、ときどき混乱します。「超対称性理論」からいえば、鏡に映った自分は、別の何か。

超対称性理論では、自分（既存の粒子）をフェルミオン、鏡の中の自分（未知の粒子）をボソンっていうらしい。つまり、粒子にはそれぞれ、未知のパートナーがいるのよ！　でも、見えないんだけれど。発見もされてないんだけれど。

でも、人間、それを本能的に分かっていて、鏡の中には別の世界があるというお話は大昔からありますよね。ドッペルゲンガーなんかの超常現象も、もしかしたら、超対称性理論で解決できるのかも。……できないか。

ああ、もう、寝ます！

◆フジコ◆11/06/20

「殺人鬼フジコの衝動」が、えらいことになっています。

「TSUTAYA有楽町マルイ」で週間文庫売り上げ1位！

「三省堂有楽町店」で、週間文庫売り上げ2位！

ひぃぃぃぃぃ！

昨日も担当さんと電話していて、

「これは、なにかの陰謀ではないでしょうか？　このあと、とんでもないしっぺ返しがあるんじゃないでしょうか？　私、死ぬんでしょうか？」

「お互い、車には気をつけましょう」

などと話していました。

いや、でも、この2店舗でこれだけ売れたのには、ちゃんと訳があります。

書店員様手作りのPOPが、凄まじく素晴らしいのです！

画像で拝見したのですが、すごい……。

私が一般の来客者だったら、間違いなく、手に取りますね。

POPを作ってくれたのはどちらも若い書店員さんらしいのですが、
いやいや、やっぱり、今の若い人は、素晴らしいわ！

他の本のPOPも何点かみましたが、どれも、すごい！　とにかく、すごい！

……なんだか、「すごい」「素晴らしい」しか言ってない気がしますが、まあ、あんまり感激すると、語彙は極端に少なくなるものですので、ご容赦ください。

そして、その書店員さんに熱心に「フジコ」を勧めてくれた版元の販促営業の方々。

この方々の熱意が、すべての始まりでございます。

完全に一人歩きをはじめた「フジコ」。

私は、ただ、その後ろ姿を見守るだけです。

◆やっちまったか？◆11/06/23

「殺人鬼フジコの衝動」のプロモーションの一環で、書店様宛てにミニ色紙を書かせていただきました。

が、ここに来て、心配虫がぞわぞわと蠢いております。

本日、追加でもう１枚色紙を書いたのですが、

「殺人鬼フジコの衝動」の「衝」の部分を「働」と、無意識に書いていました。

はっ。もしかして、前に書いた色紙も、同じ失敗を……。

だとしたら……。

きゃー！！！　なんという恥辱プレイ！

もし、「殺人鬼フジコの〝衝動〟」という、可哀想な手書き色紙を書店で見つけたら、そのまま見て見ぬ振りをしてやってください。

そして、そんな色紙をもらってしまった書店さま、本当にすみません！

やはり、生温かくスルーしてやってくださいませ。


しかし、漢字が年々書けなくなっているなーとは思っていましたが。

自分の作品のタイトルまで書けなくなっているなんて！

久しぶりに、かなり凹みました。

今日、漢字の練習帳、買ってこよう……。

◆本末転倒時代◆11/08/02
なにげなく食べたものに唐辛子が入っていて、そのせいか、連日、猛烈な胃痛に悩んでおりました。

この唐辛子アレルギー、年々、酷くなる。

そういえば、うちの母は辛いものが好きで、食卓にも唐辛子味付けのものがよく出たんですが、食べるたびに胃がむかついていたんですよね。あと、ある味付けのものを食べると必ず逆流性食道炎みたいな感じになって、食道が焼け付くように痛くて悶絶しておりました。結果、十二指腸潰瘍になってしまったんですが（中学生の頃）、でも、十二指腸潰瘍は自然に治癒するときもあって、治まっているあいだは割と何を食べても平気な時代が続いたんですが、30代半ばぐらいから、明らかに、ある種の味付けのものを食べると、胃がひっくりかえります。

この激痛だけは、なんとも文字にしづらい。

なのに、世間は辛いものブーム。大丈夫だと思って食べたサンドイッチにすら唐辛子が入っていたりしますから！　困ったものです。

今は、パンとチーズと牛乳で、なんとか生活しております。

パンといえば、某大手製パン会社のCM。食パンで作った誕生日ケーキをお勧めしていますが、あれって、どうなんでしょう？　食パン誕生日ケーキを出されたら、私だったら、「これは新手のいやがらせ？」と、ちょっと凹みます。

そういえば、以前、某インスタントカレーのCMで、「お客さまには、〇〇カレー」みたいな内容があったんですが、職場の同僚と「訪問して、〇〇カレーを出されたら、どう思う？」と、小一時間話し合ったことがありました。〇〇カレーは美味しいけれど、あれをお客に出せという押し付けは、いくらなんでもイヤすぎ！　という結論にいたりました。

最近も、あるレトルト食品を買いまして、そのパッケージに紹介されていたレシピを見て、ぶっとんだもんです。

コーンスープを買ったのに、そこで紹介されていたのは、わけの分からない炒め物のレシピ。読んでみると、メインであるはずのコーンスープの活躍はほとんど期待できず。というかコーンスープの存在を全否定するような加工。なにしろ、他に用意しなくてはいけない具材や調味料のほうが多い。これだったら、はじめから、炒め物用のソースを買うわ！

その商品、またはコンテンツをプッシュしたいあまり、本末転倒なことが起こりまくっている感じがするのは、気のせいでしょうか？

◆ドロドロを受け入れましょう◆11/08/10

「最近の若いもんは……」という台詞（せりふ）はローマ時代からあるという、超定番です。

要するに、若者叩きは人間の本能？

私なんかは「新人類」世代で、若い頃は「今の若者は話が通じない」だの「今の若者は宇宙人」だの、上の世代から散々言われたものでした。

そんな新人類世代も40代半ばを迎え、やはり、口にするのは「今の若者は……」です。


でも、私が一番気になっているのは、「日本人の若者は駄目だ。その点、○○の若者はハングリー精神があってとても精力的に働いてくれる」という、台詞です。

これは、バブルが崩壊した頃ぐらいから、いわゆる雇用主さんからよく聞く台詞です。

で、彼らが好んで雇っているのは、人件費が安い外国の労働者。

彼らは言います。「○○から来た労働者はとても真面目に従順に働いてくれる。それに引き換え、日本の若者は……。権利ばかり主張して使えない」

私は、そういった台詞を聞くたびに、雇用主の怠慢を感じずにはいられません。

彼らが欲しているのは、従順で安い労働力。

一方、日本人の若者は金はかかるわ、文句は多いわ、使いづらい。

要するに、「人」ではなくて、都合のいい「ロボット」が欲しいんですよね。

もっといえば、「人」と「人」の衝突を回避しようとしている。

そもそも、「人」と接するのは大変です。数々の「衝突」を覚悟しなくてはいけません。「衝突」は、言い換えれば「ドロドロ」。私は、小説で人間関係の「ドロドロ」を多く書いてきましたが、人間が二人寄れば「ドロドロ」。人生は「ドロドロ」するのが「社会」ってもんです。それを避けては通れません。もっといえば、人生は「ドロドロ」。「ドロドロ」だから、人生なんです。

で、何が言いたいかといえば、上の世代は、若者ともっと「ドロドロ」して欲しいのです。「日本の若者は面倒臭いから雇わない」なんてことをいわず、もっと、自国の若者とタイマンで向き合って欲しいと思います。若者との「ドロドロ」を楽しんで欲しい。

確かに、彼らは文句も多いでしょうし、キレるかもしれないし、反抗するかもしれないし、裏切るかもしれない。

でも、それはかつての自身の姿。

ここで「ドロドロ」を放棄したら、とんでもないしっぺ返しを食らいますよ？

今は従順な「安い労働力」だって、いつかは牙を剝きますよ？

などと、昨今のノルウェーやロンドンの事件を見て、強く感じました。

◆パリ黙示録、発売です◆11/08/26

本日、「パリ黙示録　1768」が発売されました。

配本は少ないかと思われますが、見かけましたら、ぜひ、手にとってみてください。

しかし、ここまで長い道のりでございました……。

一時は発行を諦めもいたしましたが、なんとかここまで漕ぎ着けることができました。

ここだけの話、「真梨幸子」という名前では(売れないので)出版はちょっと無理、ペンネームを変えようか？　という話まで出ました。

でも、担当さんと辛抱強く、その機会をうかがっていました。

今回、めでたく「真梨幸子」のペンネームで出版できて、感無量です。

実は、別のペンネームも、ちょっと考えてたりしました。

おかげさまで「殺人鬼フジコの衝動」が順調で、しばらくは「真梨幸子」で活動できそうです。

ようやく、作家の仲間入りをしたという感じ。

デビューしてもう6年になりますが、スタートラインからの一歩が恐ろしく長く、我ながら、よく粘ったな……と思います。

というか、もう、他に生きる糧がございませんから、死に物狂いです（笑）。

今のところフジコちゃんが頑張ってくれていますが、次が売れなかったら、またスタートライン、いや、ラインの後ろに逆戻りです。

とにかく、一作一作、悔いのないように書くのみ。

毎回、甲子園球児の心境なんでございます。

◆フジコ、11刷突破です◆11/09/17

16日は、お世話になっている書店員さんと版元のみなさんで、ちょっとしたお祝いでございました。「殺人鬼フジコの衝動」を売りまくってくれてありがとうの夜会です。

フジコは、まさに、書店員さまたちの仕掛けと口コミだけで、みごと全国区の作品となりました。

それまでは、どこか他人事のような感覚だったんですが、昨日、皆様にお会いして、ようやくじわじわと、「フジコは大きくなって、もう私の手の届かない子になったのね……」と喜びが全身にまわり、私にしてはめずらしく、終電のことも忘れ二次会に没頭したしだいです。いつもは一人カラオケを楽しんでいる私ですが、久しぶりに大勢でカラオケを堪能いたしました。

参加いただいた皆様、本当にありがとうございました！

フジコ効果で、デビュー作の「孤虫症」も重版がかかり、年末から来年にかけて、他の作品も文庫落ちする予定です。

タクシーの中で版元の編集長さんともお話ししたのですが、デビューして6年、私がなんとかやってこられたのも、数字が出ないと分かっていても私に作品を注文してくれた各担当さんがいたからこそ。見守ってくださったみなさんに恩返しする意味でも、一作一作、これからも命がけで執筆する所存です。

この場を借りて、心からの御礼申し上げます。

◆美しき愛の掟◆11/10/15

以前、フジコ祝賀会の二次会で、ザ・タイガースの「美しき愛の掟」を熱唱してみたのですが、案の定、参加していた方はみなさんご存知ない様子でした。

こころなしか、どんびきされていたような……。

でも、これからも、機会があるごとに「美しき愛の掟」を歌い続けますよ！

ところで、ザ・タイガースのドラマーだった瞳みのる（ピー）さんが、それこそ40年ぶりに復活！　というニュースを今更ながらに知って、歓喜！

なんでも、恒例のジュリー祭りに、参加するとか。ピーさんだけでなく、サリーもタローも！

あああ。でも、遅すぎました。

なんで知らなかった、私。もうチケットないじゃないですか！

……でもでも、きっと、きっと、NHKあたりが特集してくれますよね？　それを信じて。

この悲しみは、一人カラオケで払拭（ふっしょく）しようと思います。

◆カーネーション◆11/10/15

朝ドラの「カーネーション」が素晴らしくて、困ります。

朝、昼、夕方、日曜日のまとめまで見てしまうほど。

特にお気に入りは、おとーちゃん役の小林薫さん。

ハマりまくりですね！

とにかく、いいんですよ、ヘタレとビビリと空威張りが同居しているザ・オトーチャン。

パッチ屋の親方、トミーズ雅さんも、ハマり役ですね。

ところで、このドラマ、脚本家さんはじめ、役者さんもほとんどがネイティブ関西弁なんじゃないでしょうか。

なんか、いちいち、板についているんですよね。

空気感というか。

小さなボケ、ツッコミも満載だし。

先週も、「おとーちゃん、お腹に虫わいているんとちゃう？」の台詞に大笑いさせてもらいました。

そうそう、昔は、なにか異変があると「お腹に虫わいた！」と虫下しを飲まされたものです。

ああ、これからますます楽しみです！

◆グッド・ワイフ◆11/11/04

「グッド・ワイフ」という海外ドラマの集中再放送があって、連日朝方まで起きているハメに。なにこれ、めちゃめちゃ面白すぎるんですが！

いわゆるリーガルドラマで、法律事務所に持ち込まれる事件の顛末（てんまつ）を描きつつ、主人公のプライベートな問題も描いています。いわゆる、短編と長編を二度楽しめるというやつです。しかし、私が偏愛する「デスパレートな妻たち」にも言えるんですが、ここ10年ぐらいのアメリカドラマは、深刻な問題を赤裸々にえぐりますね……。主人公といえど、ただの正義や善ではなく、なにかしらえぐいことをしています。

あと、人種差別とか格差問題とかリベラル派と保守派の確執とか、日本ではたぶんタブーとされている社会のダークサイドも、あっけらかんと描いている。

あと、法曹界のやばさも。「グッド・ワイフ」を見ていると、「司法取引、こわっ」と背筋が寒くなります。

明らかに無実なのに、陪審員に有罪判決を出されたら45年の懲役が決定しちゃうので、陪審員判決が出る前に検事と司法取引して有罪を認めて懲役10年にしてもらうとか。

いや、だって、無罪なんですよ？

でも、検事の強引な有罪ストーリーを覆す決定的な証拠がないとか、陪審員の心象が悪い被告人とかは、司法取引することを弁護人が勧めるんですよ！

まじで、こわいです！

なんだか、魔女裁判の時代のよう……。

実際、そういう台詞もありました。「まるで、魔女裁判ね」と。

「十二人の善良な市民」という回の後味の悪さは、「ひゃー」と声が出てしまったほど。

逆に、明らかに有罪なのに、弁護士があの手この手で無罪にしちゃうとか。

ものをいうのは、金とコネと後ろ盾、そして、陪審員の心象。

そういうところを、テレビドラマで描いちゃうところが、アメリカのすごさだな……と思います。シナリオの作りこみも半端なく素晴らしいし。45分の中に、よくあれだけのネタを描きこんでしかもちゃんとオチをつけられるな……毎回、放心状態になります。

それにしても、一昔前の、必ず正義が勝つ、というアメリカンドリームは、少なくとも、ドラマではなくなりつつあるようです。

でも、そんなアメリカンドリームの崩壊もちゃんとドラマにしちゃうアメリカは、やはり凄いですけれど。

第4章

蜘蛛の糸をよじのぼりながら

2011年春。降ってわいたような「殺人鬼フジコの衝動」のヒット。これを機に、私の運命も著しく転調します。なにが著しいって。それは、仕事の依頼ですよ！　それまでは高嶺の花だった文芸誌の連載も次々と舞い込み、過去の作品も次々と文庫化。生意気にも、西新宿の高層マンションに事務所を借りるまでになりました。たった1年でこの変貌ぶり。まさに、地獄から天国へ。

やっぱり、小説家という職業は、ギャンブルだな……と。

さて、この頃からエッセイの依頼も格段に増えました。毎日のように、なんやかんやと依頼のメールが山のように。その様は、まさに売れっ子のそれ。ああ、これがブレイクというやつなんだな……と。

ということで、ブレイク直後の、ちょっといい気（天狗）になっている頃のエッセイをご紹介したいと思います。

「はじめてのお小遣い」

それまで私は、水道代にも困るほど生活がどん底だった。ある担当編集者などは「ワーキングプアの小説を書かせたら、真梨さんの右に出る人はいないかもしれませんね」などと言ってくれたが、だからといって、小説の注文があったわけではない。そう、小説の注文はすでにぱったりと途切れていた。ついでに、アルバイトの契約も切れつつあった。

「私の小説人生も、これでおしまいだ」と、アルバイト先に向かう多摩モノレールに乗りながら呟いた、二〇一一年の春。

その翌日だっただろうか。ランチ休憩を終えて、眠気と戦いながら午後の仕事をこなしていた私の足元が、ぐらりと揺れた。今まで体験したことがない強い揺れ。目の前の壁がめきめきと割れ、横の書類棚がとんでもない方向に飛んで行った。

「死ぬな」まず、そう思った。「でも、まあ、死んでもいいや。生きていても、先はない」

そうちらっと思ったことも、白状しておく。

が、多摩地域は震度五弱。もちろん私は死ぬことはなく、その代わりに東北地方では多くの命が犠牲になった。それをテレビで知った私は、ちらっとでも「死んでもいい」と思った自身を恥じた。

とはいえ、私の絶望感はますます深まっていった。計画停電と電車の間引き運転のためアルバイト先にはろくに行けず、たどり着いたとしてもすぐに帰され、この調子では予定していた額の賃金は望めない。通帳に記入されている残金は数千円。さらに、徳間書店の担当編集者から「文庫本の発売がどうなるか分からない」という連絡もあった。年金暮らしの母に電話をし、生活費数万円を無心する。母は快諾してくれたが、受話器を握りしめながら私は、情けなくて悔しくて、子供のように泣きじゃくった。

どこで私は道を間違えたんだろう。小説なんか、書かなければよかった。小説家なんか、ならなければよかった。

しかし、人生というのは、途方もない展開を見せるものである。前述の「文庫本」が、担当編集者の頑張りもあり、予定通り発売に至った。それが、「殺人鬼フジコの衝動」である。はじめはヒットの兆しは微塵もなかった。私だって、ひとつも期待していなかった。ところが、営業サイドのフジコ推しと書店員さんたちの推薦が引き金になり、フジコは見る見る大化けした。それでも、一時的なマグレで終わるだろうと高をくくっていたのだが、年を越えても、発売から一年を過ぎても、いまだ、売れてくれているという。

先日、母に会った。私からお金を無心されていた頃の母は歳以上にやつれていたが、そのときの母は、ひどく若々しかった。

「フジコ、売れているね」

母が、嬉しそうに笑う。テーブルには、封筒。その中には印税の一部が入っている。

ようやく私も、母にお小遣いを上げられる身分となった。


（「週刊読書人」収録）

「愛と憎しみの朝ドラ」


ＮＨＫの朝ドラ「カーネーション」がおもしろくて仕方がない。その時間になるとすべての用事を止めて、ひたすらドラマに没頭する。

が、一月の二週目あたりから、なんとも微妙なことになってきた。ヒロインが、妻子ある男と恋に落ちたのだ。粘りつくようなもやもや感。仕事も手につかない。その週末、どうにもこうにも落ち着かない気分になって、パソコンの前に座った。そして、感情に任せてブログに吐き出した。

「納得がいかないんですけど！」

無論、あれこれと推敲してからネットにアップしたので、公開されているものは当たり障りのないものだ。が、推敲前のものは、ひどい罵詈雑言。まるで、思春期の小娘が書いた痛々しい日記。

「許せないわ、断固、許せないわ！　不潔よ！」

で、私はいったい、何が許せなかったのだろう。今年は年女、十二歳でも二十四歳でも三十六歳でもない、四十八歳の私が、なにをこんなに熱くなっているのか？

「だって、お気に入りの人が、ろくでもない男にひっかかったら、なにかガッカリじゃない？　なにしろ相手は、妻子持ちで甲斐性なしで、たらしの男。まさに、ダメンズ。そんな男によろめくなんて。あーあ、心底、ガッカリだわ！」

この感じ。……そうだ、この感じは、まさに、小学五年生の私だ。当時私は、アイドルグループフィンガー5の熱心なファンで、寝ても覚めてもフィンガー5。フィンガー5のことを考えすぎて頭がおかしくなりそうだった。一方、その熱狂は私に前向きなモチベーションも与えてくれて、家庭で学校でどんな面倒が起きてもはつらつと乗り越えることができたし、成績もぐんぐんと上がった。気が付けばクラスでトップ。私は無敵だった。フィンガー5さえいれば私はなんでもできる。

が、そのフィンガー5が芸能活動を休止して、アメリカに行くという。希望が絶望に、愛が憎しみに変わり、ついでに成績もどん底に。

「裏切られた、フィンガー5に捨てられた！」

こうなるとアメリカまで憎くなり、「アメリカ」とつくものは片っ端から嫌悪した。あれほど好きだったアメリカンドッグですら！　そこまで憎まないことには、フィンガー5を失った空虚感を埋めることができなかったのだ。

朝ドラの展開に憤慨した私の感情は、たぶん、そのときの愛憎と似ている。可愛さ余って憎さ百倍というやつだ。つまり私は、いつのまにか朝ドラのヒロインにアイドルを見ていたのだ。

いい大人が何やってんだか、と呆れながらも、私にもまだこんなやんちゃな感情が残っていたのね……と、ちょっぴり嬉しかったりするのである。

（「小説すばる」収録）

「鸚鵡楼の惨劇」について

今年で、デビュー十年になりました。

この十年、執筆する上で自分に課したふたつの戒めがあります。

「殺人事件を描く以上、その犯行を美化しない。そして、犯人に同情させない」

という戒めです。

たとえフィクションであろうと、人が死ぬのです。しかも、ミステリーですから、それは大概、殺人です。殺人は、日常を壊し、心を壊し、そして人を堪え難い苦しみの沼に引きずり込みます。加害者側も、被害者側も。その地獄を有り体に描くのが、私なりの作家としての覚悟であり、良心です。殺人が起きているのに、心がスカっとするような、またはほっこりするようなお話は、私には書けません。

ですから、デビュー作の「孤虫症」以来、私の作品は、一環して、バッドエンドです。

「読んでいるとイヤな気分になり」、「読後が最悪」な作品ばかりです。この作風は、デビューから六年ほどは、逆風でした。万年初版止まり。見事な〝赤字作家〟でしたが、それでも私にチャンスを与え続けてくれた版元と担当編集者には感謝しかありません。よくぞ、十年間、私という作家を生かしてくれたと。

さて。この七月に文庫落ちした「鸚鵡楼の惨劇」は、十四作目の作品です。「殺人鬼フジコの衝動」で注目いただいたおかげで、経済的に余裕もでき、西新宿に仕事場を借りるまでになっていました。ぶっちゃけますと、その前年までは、銀行口座の残高が千円を切ることもしばしば。俗にいう〝貧困女子〟でしたので、小説を書いてもルサンチマンがどうしても滲んでしまう。というか、貧困故のルサンチマンが執筆の原動力だったのです。が、「殺人鬼フジコの衝動」のヒットは、私の口座を見る見る潤していきました。人間、単純なもので、経済的に余裕が出てくると、心のあり方も、物の見方も、ころっと変わるものです。長年苦しめられた十二指腸潰瘍ですら、きれいに治りました。そうなんです。私は五十歳を前にして、ようやく「安定」と「安寧」を手に入れたのです。さて、そうなると、今までのように「イヤミス」が書けるのか？　あ、ちなみに、「イヤミス」とは、「悪意が充満する、嫌なミステリー」のことです。

私は、作家として分岐点に立たされました。あるいは、ここで「新境地」というものに挑戦するという選択もあったと思います。しかし、私は、「イヤミス」を書き続ける覚悟を固めました。「安定」した生活だからこそ書ける「イヤミス」もあるんじゃないかと。ルサンチマンによらずに「悪意」に迫ることができたなら、それこそが人間の本質なのではないかと。そんな葛藤の中、生まれたのが「鸚鵡楼の惨劇」です。当時、仕事場があった西新宿を舞台にしました。

劇的に生活環境が変わったあとの、一作目。私は「悪意」を描ききることができたでしょうか。それは読者のジャッジに委ねます。


（「週刊読書人」収録）

「青木まりこ現象再び」


かつて、書店に行くと、必ずお腹を痛くした。ときには便意すら。

その痛みはどちらかというと心地よいもので、ワクワクする高揚感も伴っていた。だから嫌ではなかったが、困ることもしばしば。なぜだろう？　私だけ？

違った。

この現象には、ちゃんと名前がついていた。

青木まりこ現象。

ウィキペディアなどによると、

『……書店に足を運んだ際に突如こみあげる便意に対して与えられた日本語における呼称で

ある。この呼称は1985年にこの現象について言及した女性の名に由来する。』

つまり、あの腹痛は私に限った話ではなくて、多くの人が体験していたのだ。

その現象のメカニズムはいまだよく分かっておらず、諸説が存在する。

トイレで読書する習慣が理由とするパブロフ型の条件付け説。活字に対する畏怖からくる緊張またはプレッシャー説。本のにおいが刺激となって体に異変をもたらす化学物質説。中には、本に宿る霊力が影響しているという霊障説まで。

が、私自身に限っては、理由は分かっている。なぜなら、好きなアイドルがテレビに出たときとか、片思いの先輩を見かけたときとか、テストのヤマが当たったときとか、お小遣いを多めにもらったときとか、そんなときにも同じような現象に見舞われたからだ。これらは条件反射でも緊張でも刺激でも、ましてや霊障でもない。興奮だ。興奮が腸の蠕動運動を誘発し、結果的に便意がもたらされたのだ。

つまり、書店は、かつての私にとっては「興奮」の坩堝だったわけである。もっといえばサンクチュアリ。

書店に入ったとたん、いや、入る前からドキドキがやってきて、それが腸を刺激する。

「ああ、いますぐトイレに行きたい！」という生理現象と「でも、一刻も早く本をチェックしたい！」という欲望。それは、まさに至福の葛藤だった。

ところが、作家デビューして以来、そんな現象はとんとご無沙汰だった。それどころか、違う現象に悩まされていた。それは、「胃痛」だ。

私は長らく売れない作家だった。

だから、書店に行っても、私の本を見つけることは難しかった。見つけたとしても、店の隅に棚差し。一方、同時期にデビューした作家さんは高く平積みされて、色とりどりのポップをつけてもらっている。……どす黒い感情がせり上がってきて、胃がしくしく泣き、そして絶望的な気分で帰路につく。そんなことが何年か続き、いつのまにか書店から足が遠ざかってしまった。あんなに行くのが楽しみで仕方なかったサンクチュアリが、地獄と化したのだ。

ああ。デビューと引き換えに、私はなにかとてつもなく大切なものをなくしてしまったのかもしれない。

そんなふうに悲嘆にくれていると、出版社の担当から一報が入った。

「有楽町で、大変なことになってます！」

そして、メールに添付されていた二枚の画像。それは、店員さん手作りのポップと平積みされた大量の『殺人鬼フジコの衝動』だった。

いったい、なにが起きているのか？　夢かドッキリか。それを確かめるために、早速、有楽町に足を運んでみた。三省堂書店有楽町店とTSUTAYA BOOK STORE 有楽町マルイ店。

……夢ではなかった。ドッキリでも。

そのとき、懐かしい痛みがやってきた。例の「青木まりこ現象」だ。

私は、まずは、トイレを探した。

（「日販通信」収録）

第5章

そして、いよいよ猫を飼う

おひとり様のまま50歳を超えてしまった私。さすがにちょっと寂しくなり、「犬を飼おうかな……」などと、ぼんやりと考えはじめていました。そして、2016年の2月。とうとう、運命の出会いが!

ふらりと立ち寄ったペットショップ。透明アクリル板の向こう側で、数匹の子猫たちが楽しそうに遊んでいます。……うん? あの灰色の子猫、どうしたの? 遊んでいるというより……イジメられている?

そう、イジメられていたんです。子猫たち数匹にちょっかいをだされて、「くるなー、こっちにくるなー、たすけてー」と必死に抵抗していました。その姿があまりに痛々しく、「あ、あの子、私が助けてあげなくちゃ」。と。で、その場で購入。

「ペットの衝動買いはいけないよー」というお叱りの声が聞こえてきそうですが、私にしてみれば、お金を払って保護をしたようなものなのです。だから、お許しを。

そうして私は、ブリティッシュショートヘアの女の子を我が家に招き入れることとなりました。その名も、「マリモ」さん。小学校の頃好きだった漫画「まりもの星」から拝借しました。

あれ? ところで、犬を飼うはずじゃ?……そうなんです。運命とはほんとうに、ままならないものでございます。

2016年2月10日。運命の出会い！　見てください、この愛らしさ！　私は、一目でノックアウトされました

ということで、お待たせいたしました。

ここからようやく「猫日記」でございます。マリモさんも少しオトナになった2016年の秋からスタートです。

◆引っ越し魔◆16/09/04

根無し草の性格故か、どうしても同じところにじっとしていられない。

転居も、かなりしました。

「だから貯金できないんだ」と呆(あき)れられるのですが、引っ越しは、もはや私にとってはレジャー、旅行みたいなものなのです。

海外旅行に行ったと思えば安い。……と合理化思考が止まりません。

私の引っ越し癖は部屋だけではなく、ネットでも。

いろんなものに飛びついては退会を繰り返してきました。

つい最近まではツイッターをやっていたのですが、文字数制限がなかなかにストレスで、
そして、知らず知らずのうちに誰かと「つながっている」感が、これまたストレス。

ということで、お休みしちゃ再開……を繰り返してきたのですが、さすがにこれ以上やる

とただの「面倒臭い人」になってしまうので、今回は潔く退会するつもりです。
で、その代わりのブログ。
ここには、できれば長くいたいのですが。さて、どうでしょうか？
開設して約2時間が経過した時点で、アクセス数は（私を含めて）6人w
このぐらい過疎っていたほうが、私らしくていいかもしれません。
人混みは苦手なもので。

ではでは、改めて、よろしくお願いします。

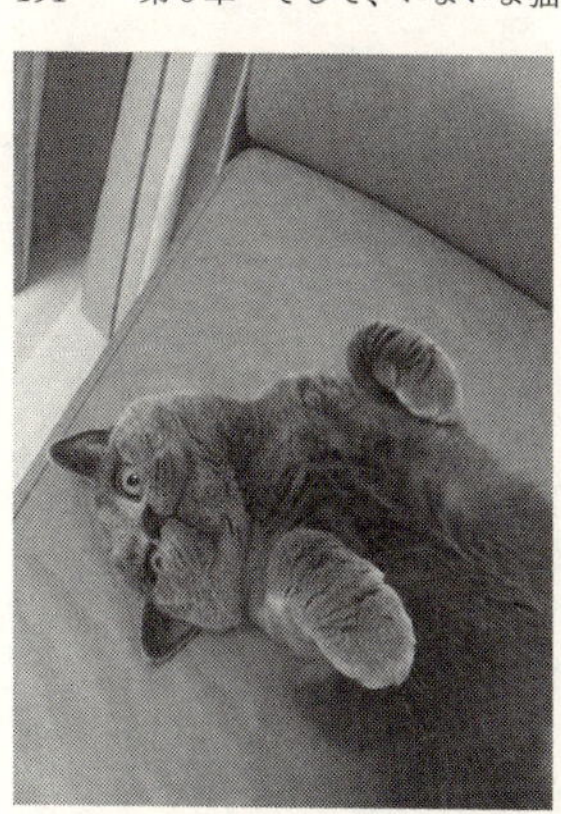

あたくしからもよろしくですわ

◆プラダに入った小悪魔◆16/09/04

お気に入りのバッグがあります。ですが、マリモさんもお気に召したようで、我が家に来たその日からこの通り。

９ヶ月になった今、そろそろ飽きてきたようで、バッグはずっと放置されています。

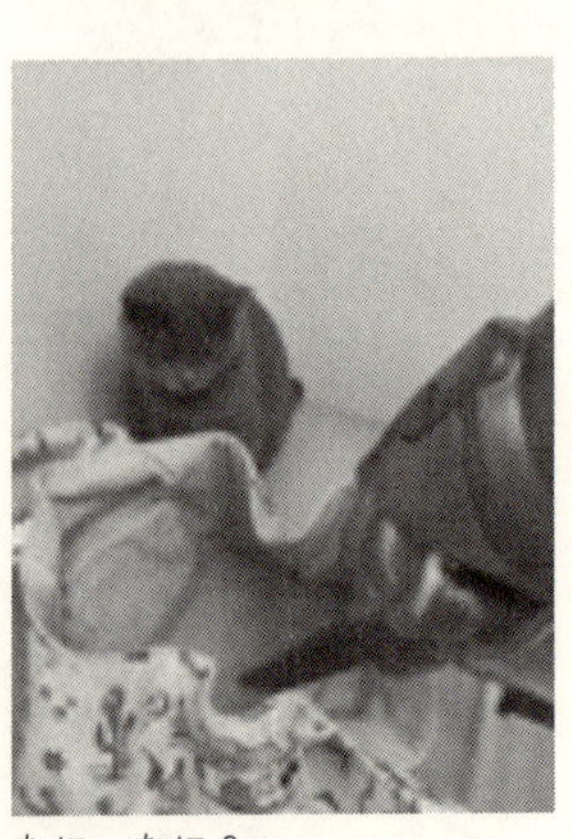

なに、なに？
なにをしているの？

ならば、取り戻そうと、びっしりと張りついたマリモさんの毛を吸引していたら……お出ましです。

◆マリモさん、中学校進学◆16/09/05

ところで、マリモさんは去年の12月9日にこの世に生を享けました。

ということは、今月で、9ヶ月。人間でいえば、13歳なんだそうです。

中学校に進学する頃ですね。そして、自我と独立心が目覚め、反抗期でもあります。

私のときはどうだったかな……？

中学校の制服を着た途端に、小学校の頃までの自分がひどく子供っぽく思えて。

それまで好きだった漫画も趣味もアイドルも、一気に卒業しました。

その代わりに、「スクリーン」とか「ロードショー」とかの映画専門雑誌を買いはじめ。

意味も分からないクセに、難しい古典小説や心理学の本とかにも手を出しはじめました。

そして、ちょっとエッチな本も。

「ぴあ」を買いはじめたのもこの頃。

そんな背伸びが止まらない、13歳。

避妊手術させられたから、とりあえず「性の目覚め」とやらはないはずよ

さてさて、マリモさんはどうでしょうか？

◆夢。◆16/09/06

昨夜、吉田沙保里さんと結婚する夢を見ました！

今までも、有名人と結婚する夢はちょくちょく見てきましたが、さすがに、女性との結婚は今回が初めて。

確かに、吉田様のマスクは、私のタイプなんですけれど。

私ったら、無意識下では吉田様のことをそんな目で見ていたのね。

今日、テレビに出ていた吉田様を見て、ドキドキしてしまいましたよ。

あ、そういえば。

とある政党のイベントにこっそり参加したことがあるんですけれど、そのときのゲストが吉田様でした。

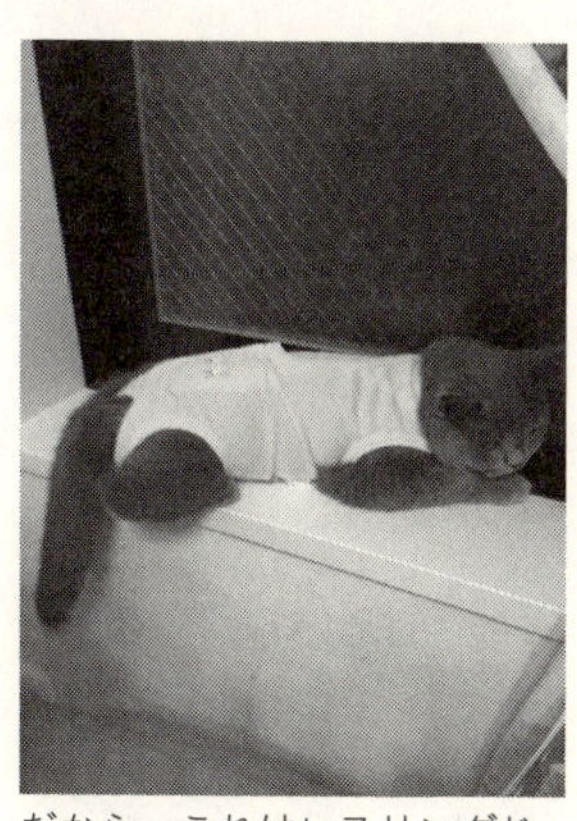

だから、これはレスリングじゃありませんから！　避妊手術後、術後服を着用したマリモさんです！

すでに縁があったのですね。もちろん、客席から見ただけですが。

そうそう。レスリングといえば、これ。

◆なめ猫◆16/09/08

某モバイルのＣＭに、懐かしの「なめ猫」が出演中ですが、元祖「なめ猫」が流行った当時、よからぬ噂がありました。

猫の虐待疑惑。

今のように動物愛護が活発ではない時代でしたが、この疑惑は私が通っていた田舎の高校まで浸透しました。

それまで、呑気に「かわいい～」などと「なめ猫」グッズを持っていた人まで罪悪感を覚えるようになったのか、いつの間にかブームは沈静化。

時を同じくして、「子猫物語」疑惑というのもありまして、「噂」は過熱しました。

それがただの都市伝説だったのか、その真偽は分かりません。

ただ、今、猫さんを飼うようになって分かったこと。

（犬と違って）猫に何かを着せようというのがどれほど難しいか。

うちのマリモさんは避妊手術のときに、傷口を舐めないように念のため術後服を使用したのですが、着せるまでが大変。とても嫌がって。術後服なのでその装着は簡単なはずなんですけれど、汗だくになりました。

しかも、着装後は動きが制限されるためか、歩くことすらできなくなって。

なるほど、一度服を着せると猫は静かになるようです。だから、思うように撮影できるのかもしれません。

ですが、その様があまりに痛々しく、すぐに脱がせました（そもそも、抜糸の必要のない傷口も極小の手術をしてもらったので、エリザベスカラーも術後服も必要なかったのですが）。

脱がせた後も、猫ハウスに丸1日引きこもり、私のことも警戒する始末。

よほどトラウマになったみたいで……。

信用を取り戻すのに1週間はかかりました。

そのとき思いました。猫にとっては、「何かを着せること」「強要すること」「動きを封じ込めること」はかなりストレスになるんだな……と。

虐待はなかったとしても、「なめ猫」にさせられた猫さんたちはかなりのストレスだったんじゃないでしょうか。

しかも、「なめ猫」たちは、生後半年ぐらいまでの子猫のように見えます。

マリモさんが子猫のときは、１秒もじっとしていませんでした。

マリモさんが特別ではなくて、どの子猫さんもじっとしていることはないと思います。

そんな子猫たちに、撮影者が希望するようなポーズをとらせるというのですから、「虐待」と言われても仕方ないのかも。

そして、現代の「なめ猫」。動物愛護が以前より強化された今、そんな無茶な撮影はしていないと信じたいのですが、それでも、あのＣＭを見ると、なんとも言えない苦いものが逆流してくるのです。

これは、昭和の「なめ猫」に覚えた違和感と全く同じです。

ちなみに、私はその違和感が理由で、「なめ猫」グッズには一切、手をつけませんでした。

見るだけで、苦いものが逆流してしまったものです。

◆痛い、私。◆16/09/12

ところで、私の人生、裏切られることが多数で、どこかの時点で「人間は裏切ることが大前提」という歪んだ考えを持つように。

小学校の頃、クラスでどこの派閥にも属さず、中立の立場だった私に、各派閥の子たちが、それぞれ相談しにきました。……相談というより、「悪口」ですね。

どの派閥にも属さない私だから、話しやすかったのでしょう。それに、私は「口が堅い」ことでも評価されていたものですから、いろんな子が、自分が属する派閥の悪口を吐き出しにきたものです。いわゆるクラスの相談役です。

ところが、そんな私を母は心配しました。

「……大丈夫？」と。

何を心配しているのかと思いました。「クラスの相談役」として、みんなから信頼されているというのに。

が、母の心配は見事的中。

私が、いろんな子の悪口を言っているという噂が立ち、孤立。

相談にのっていたときに、相手が吐き出す悪口に乗じることがあったのですが、それが原因でした。

その後も、いろんな裏切りにあいました。私も、知らず知らずのうちに裏切ってしまったこともあります。

高校時代は、自分を含めて人間不信に陥りました。

「誰も（自分も）信じられない！」と。下手したら、自殺していたかもしれません。

それを救ったのは、倫理・社会の教科書に載っていた哲学者の言葉。

要するに、「相手に見返りは期待するな」的な言葉です。

貸した金はあげたと思え……的な。

これで、すっきりしたんですよね。目の前が開けた。

……あれから30年以上が経ちますが。今も、時折小さな裏切りに出会っては、密かに傷ついてはいます。でも、裏切られた……と思うってことは、私はまだ他者を信じようとしているってことで、それはそれでいいことなのか……と思ったり。

いずれにしても。ここ最近、改めて痛感するのは、仕事とプライベートはきっちりと切り離すが吉ってことです。

相手も商売ですから。そりゃ、嘘もつけばおべっかも言います。それをスマートに受け流す術（すべ）を身につけたいものです。

……しかし、そうなると、本当、人間って孤独。

今、私が心から信じて、心から愛を注げるのは、マリモさんだけです。

……なんて書いたら、「痛い猫ババァ」とか、どこかで悪口言われそうですが（笑）。

追記。

デビューしてから6年ぐらいは、本当に売れなくて。

そのとき、テレビに出ていた武田鉄矢さんの言葉が沁（し）みました。

「底辺にいるときこそ、人間の本性が分かる。底辺にいるときこそ、人間を見る目を養える」的な言葉です。

そう、底辺にいたとき、私の周りには誰もいませんでした。仕事でも、次々と人が離れていきました。それを恨むというのではなく、ただ、哀しかった。

そして、売れて。手のひら返しもたくさん見てきました。

この経験は、私の宝です。

出版業界って、六道輪廻そのものだな……と思う今日この頃。

解脱するには、筆を折るより他ないのですが。

なかなか、その覚悟ができずに、餓鬼道から畜生道をうろちょろ。

◆幸福中枢◆16/09/12

満腹中枢……というのがあるならば、幸福中枢というのもあるような気がします。

満腹中枢が壊れると、どんなに食べても食べた気にならず、常に腹ペコ状態。激しい飢餓感を覚えます。ついには摂食障害に。

幸福中枢が壊れたら、どんなに恵まれて幸福に包まれていても、常に「不幸感」が付きまといます。ついには「幸せの形は人それぞれ、どんなに幸せそうに見えても私自身はちっとも幸せじゃないから、私の幸せを探している」とか言い出します。そういう人は、たぶん、死ぬまで満足するような幸せにはめぐり合えないでしょう。なぜなら、幸せを求めすぎて、波乱を呼ぶような事柄にのめり込んでしまうからです。家庭円満で金にもそれほど困っておらず交友関係も充実しているのに、突然出奔したり、ギャンブルにのめり込んだり。刺激や快楽を求めがちな人は、これに当てはまるんじゃないでしょうか。

その逆で、ちょっとの食事ですぐに満腹感を覚える人がいるように、ちょっとの幸せでも充実感を覚える人がいます。

「自分って、なんて不幸なんだろう……」と思っている方は、幸福中枢の障害を疑ったほうがいいかもしれません。……私も、その傾向があるので要注意なんですが。

でも、マリモさんと暮らすようになって、小さな幸せを感じられるようになりました。

だって、あんまり喉が渇かないんだもの

「ああ、よかった……」と幸せすぎて。
朝、猫トイレに可愛らしいウンチョリーナを見つけると、
猫さんは、まさに、優秀なセラピスト。
ただ、今の目下の悩みは、マリモさんがあまりお水を飲んでくれないこと。
子猫の頃は、「飲みすぎじゃない？」というぐらい、ガブガブ飲んでくれたのに……。

◆甘えん坊さん◆16/09/12

ある日の私とマリモさんの会話。

マモマモたんは甘えん坊たんでつねー
どうちたんでつか、しょうでつか、なでなでしてほちいんでつねー
本当に甘えん坊たんでつねー
なでなでなでなで
マモマモたーん、どこにいくんでちゅか？　待ってくだちゃーい
マモマモたーん
※マモマモたんは、マリモさんのニックネーム
こうやって文字にすると、私のほうが甘えん坊さんのような気がしてきました。
いや、気がするだけでなく、たぶん、私のほうがマリモさんに甘えてます。

◆河口湖〜ご当地ソング◆16/09/13

今、ラジオから流れている「河口湖」という演歌？

ご当地ソングは多いとは思っていましたが、河口湖の歌まであるんですね。

いや、「霧の摩周湖」があるんだから、不思議ではない？


ご当地ソングといえば。

東京のご当地ソングで思い出すのが「別れても好きな人」です。

ロス・インディオス＆シルヴィア盤が有名ですが、もともとはパープル・シャドウズが歌っていました（その前に松平ケメ子という人が歌っていたらしい）。その後もいろんな人がカバーしています。


渋谷で再会して、傘もささずに原宿↓赤坂↓高輪↓乃木坂↓一ツ木通りと歩き回っているのですから、すごいです。これ、結構な距離。一度、歩いてみようと思いましたが、赤坂から高輪に行く途中で断念。なんで、（赤坂から近い一ツ木通りを後回しにして）赤坂から高輪に行ったのか。

そもそも、なんで、先に乃木坂に行かなかったのか。

渋谷↓原宿↓乃木坂↓赤坂↓一ツ木通り↓高輪のほうが自然なコースのようなな。

そんなことも分からなくなるだけ、再会した二人は盛り上がっていたということでしょうか。

それとも、あえて遠回りして、イチャイチャする時間を作っていたのか。

ちなみに、原曲では、「渋谷↓青山↓赤坂↓狸穴（麻布）↓乃木坂↓一ツ木通り」だったようです。ロス・インディオス&シルヴィアがカバーしたときに、「若者に人気のある地名」ということで変更された模様。それでも、なんだか、カオスなコースですが。しかも、ずぶ濡れになって。

恋ってすごい。

◆親族間殺人◆16/09/14

千葉と北海道で、立て続けに、親族によるものと思われる殺人事件が発覚。

昔から、殺人事件が起きたら、その犯人は、かなりの割合で「親族」。

通りすがりの犯罪は、案外と少なくて、だから通りすがり殺人が起きると大々的にニュースになります。

子供が殺されたときも、その犯人は、大半は「母親」。

昭和の頃の事件白書的なものを見ると、その数の凄まじさに呆然とします。

私も二度ほど、母親に殺されかかりました。

一度は、私がお腹の中にいたとき。

「本当はおろそうとしたんだけど、あんたが腹を蹴って抵抗したから、産んでやった」

これは、親子ゲンカのときに、必ず出てくるセリフでした。

そして、小学校の頃。納得がいかないことが次々と起こり、ちょっと反抗期だった私。寝ていると、頭にとんでもない激痛が。目を開けてみると、母親が般若の顔で私の頭をゲンコツで殴りつけていました。何度も何度も。何か一言でも言葉を発したら、それこそ殺されると思い、ひたすら寝たフリを。

それを機に、母の殺意を時々感じ、震えたものでした。

その証拠に、私の髪の半分は白髪となり、脱毛も激しくなりました。

今となっては、母はそんなこと一つも覚えてませんが。

ただ、突然、私に白髪が増えたことは覚えているようで。

「なんで、あんなことになったんだろうね……」

なんででしょう。

私も、母や弟に殺意に似たものを覚えたことがあります。

それを止めたのは、「犯罪者になって捕まったら、テレビでフィンガー5を見ることができなくなる」というファン心理。

私が犯罪者とならずに、今こうしてちゃんと暮らしているのも、フィンガー5のおかげかも。


いずれにしても。親しいからこそ芽生える一瞬の殺意というものがあります。

だから、「親しい仲にも礼儀」が必要なのです。

礼儀というのは、不必要な争いを避けるための、動物の知恵。

猫にすら備わった本能です。

家族を殺人者としないために、「礼儀」を欠かさずに。

◆スターー！◆16/09/14

みなさま、ご自身の手相をチェックしていますか？

私は、自分の誕生日がよく分からないので（もちろん、戸籍上の誕生日は存在します。が、実際に生まれた日時が、ちょっと謎。数日のズレがある模様）、占星術とか四柱推命とかには頼ることができず。

占いといえば、もっぱら手相です。

なので、この15年ぐらい、何かあると手相をチェックしています。

手相をチェックしていると、それがちょくちょく変わることがよく分かります。

はじめは気休めで見ていたのですが、「え？　もしかして手相ってかなり当たる？」と思うことがありまして。

まず、あるとき、人差し指の下に「向上線」がいきなり現れました。

もしかしたらそれ以前にもあったのかもしれませんが、薄くて目に入らなかったのかも。

が、あるとき、くっきりと刻まれていたのです。

「向上線」は、夢や希望に向かって努力しているときに現れ、夢が実現するときに濃くなると言われています。果たして。向上線がくっきりと現れた翌月、「メフィスト賞」受賞のお知らせをいただいたのでした！

次に。デビューしたはいいが、まったく売れずに貧乏のどん底に。アルバイトや派遣業でなんとか食いつないでいたとき、ふと手相を見ると、小指の下に「金運線」が現れました。

……あまりにどん底だったもので、信じる気にもなれず。

が、その2ヶ月後に、「フジコ」が文庫化され、ブレイク。

そして、今日。

なんとなく、運気が下がり気味だな……と悶々としながら手相を見てみたら、「スター（＊印のような模様）」が！

スターは、人生の中でも数回しか現れず、しかもすぐに消えてしまう、「お告げ」です。それは警告だったり、幸運の兆しだったりするのですが、今回は、小指の下に現れました。これは、「商売繁盛」のお告げとも呼ばれ、特に執筆業をしている人には「大吉」と言われるお告げなんだそうです。


信じるか信じないかは……私次第。

◆食後血糖値。◆16/09/15

血糖値測定器なるものを購入しました。

血圧計に続いての、医療器具です。

美容器具に代わって、医療器具が我が家を席巻する勢い（もともと美容器具はそれほどないのですが）。

で、就寝前と朝の空腹時と食後と食後2時間の血糖値を測ってみました。

……ドキドキです。

9／14　就寝前　103
9／15　朝の空腹時　97
9／15　食後　141
9／15　食後2時間　118

となりました。

血糖値になじみのない人には何のこっちゃですね。

血糖値を気にしている方は「ふむふむ、なるほど」と。

要するに、「今」の時点では、血糖値は高くないのです。正常値の範囲。

ですが、先日行った血液検査のHbA1cは、ちょいと高かったのです（だから、早速血糖値測定器を購入したわけですが）。

HbA1cは、過去2ヶ月前、1ヶ月前の血液の状態を示した数値で、この間は、確かに血糖値が高めだったことを示しています。

自覚はありました。甘いものの食べすぎ、炭水化物ON炭水化物の食事をしすぎ。体も重くなり、服も縮み（笑）はじめました。

で、高血圧が発覚し、これはいけないと、約1ヶ月ほど前から血圧を下げると言われるお茶とりんご酢の水割りを飲みはじめました。特にりんご酢の水割りが美味しくて、水の代わりに飲んでいます。

お酢は、血糖値の上昇も抑えるといいます。お茶もそう。

もしかして、それが功を奏し、過去2ヶ月前、1ヶ月前までは血糖値高めだったけれど、今はなんとか正常値におさまっているよ……ということなのかしら。

いずれにしても、「今」は正常値でも、油断はなりません。放っておけば、血糖値は年々上がっていきます。しかも、以前調べた遺伝子検査では「血糖値は高め」と出て、考えてみれば、母も糖尿病です。つまり、遺伝リスクがあるので、これから、死ぬまで、果てしない血糖値コントロールの生活がはじまります。

お米好きなので今まで頑なに抵抗してきた「糖質制限」もはじめました。糖質（炭水化物）を抜くのではなくて、昼だけ米飯（またはパン）を食べるという方法。

糖質制限は、カロリーは気にしなくていいので（もちろん摂りすぎはダメですが）、今までずっと我慢してきたバターやチーズやマヨネーズを食べることができてラッキー。

むしろ、脂質と炭水化物を一緒に摂ることで、血糖値の上昇が抑えられるとか。

つまり、白米よりチャーハンの方がいいというわけです。

びっくりです。今までの常識がでんぐりがえりました。

◆しつこく血糖値。◆16/09/17

今のところ、血糖値は正常値範囲内に収まっています。

で、ちょっと実験っていうわけではないのですが、炭水化物メインのおやつを取った後に血糖値を測ったら、これがびっくりするぐらい上がりました。

今が旬のマスカットでも実験。……これが意外と上昇しませんでした。

調べると、果物に含まれる果糖は、インスリンとは無関係に働くので、血糖値はそれほど上がらないんだとか。

血糖値を上げるのは、炭水化物などに含まれる「糖質」のみ。

で、糖質を摂取した後の「ブドウ糖スパイク」が、脂肪をためる原因だということが最近になって解明されました。

なので、糖質を制限すれば、糖尿病予防以外に、ダイエットにも効果がある……というのが、最近のトレンドです。

そうなると、今まであれほど言われていた「カロリー」の立場は？

ご飯お茶碗1杯200カロリーより、脂肪がたっぷりのステーキ300カロリーのほうが、結果的には太らない……ということになります。

もちろん、脂質の取りすぎは他の病気のリスクになるんですが、「血糖値」という点にだけ注目すると、もはや、カロリーは関係ない……ということに。

さすがにそこまで言い切るお医者さんは少ないのですが。

ちなみに、血糖値を急上昇させないためにはどうしたらいい？　という疑問の回答が、あまりに多すぎて。立場や思想？　によって、いろいろなんですよ。

特に、果物に関しては、「食べたほうがいい」という人もいれば「なるべく食べないほうがいい」という人もいる。

で、この3日間、自分の体で試した結果、悔しいですけれど、糖質制限はかなり効果があることが分かりました。糖質を減らす代わりに、野菜だの豆腐だのチーズだのマヨネーズだのバターだのヨーグルトだの果物だの肉だのをたっぷり取っているのですが、血糖値が急上昇しない……のはもちろんのこと、見た目でちょっと体が細くなった気がします。私の場合、足を組むとよく分かるのですが、3日前までは組んだ足がちょっと浮き気味だったのですが、今は軸足に絡めることができます。

たった3日で！

◆猫も人類も、哺乳類◆16/09/18

高血圧の発覚、そして糖尿病予備軍の疑い。

この2ヶ月で一気に生活習慣病対策モードに突入。

私のKindleのライブラリーには、血圧と血糖値の本がずらずら。

で、思いました。

「マリモさん（猫）と同じ食事をしてればいいんじゃないの？」と。

マリモさんには、人間が食べるものは一切あげてません。

マリモさんには、穀物不使用で、タンパク質メインのフードを与えています。

なんでも、猫は穀物（炭水化物）を消化するのが苦手で、穀物がアレルギーや各種病気の引き金になるんだそうです。もっといえば、「猫には炭水化物は必要ない」んだそうです。

キャットフードには、塩分も必要最低限。ほとんど含まれていません。

猫の腎臓は繊細で、塩分を少しでも過剰に取ってしまうと、命取りな病気にかかってしまいます。

つまり、糖質（炭水化物）と塩分を制限した食事なのです。

一昔前までは、飼い猫にも、人間と同じ食事（残り物）をあげていました。ねこまんまが代表例。でも、それだと猫は長くは生きられない……ということが分かり、猫に適したフードが推奨されるようになったようです。

でも、それって、もしかして、人間も同じなんでは……と。

高血圧は塩分が、高血糖は糖質（炭水化物）が原因です。

ここ100年ぐらい、高血圧や高血糖などの生活習慣病が増加したのは、塩分と糖質の過剰摂取が原因ではないか？……と指摘する医者や学者が増えています。

つまり、塩分と糖質を制限して、そもそもの適量に戻せば、あらゆる病気を予防できると。

……猫と一緒じゃない！

なるほど。猫も人類も、同じ哺乳類。そのスペックは、案外かなり似通っているのかもしれません。

それにしても。

ここ数年で、栄養学の常識がガラリと変わっていることに驚愕。

悪だと思っていたものが善に。

善だと思っていたものが悪に。

昔ながらの「健康にいい食事」は、万病の元かもしれません。

◆ホットフラッシュと血糖値の関係◆16/09/18

ホットフラッシュというのがあります。

更年期障害の一つで、突然、かぁと身体中が熱くなり（のぼせ）、汗が大量に流れ（冬でも）、めまいがし、精神が大混乱し、最悪パニック状態に陥ります。

これは、女性ホルモンの減少により自律神経が乱れるのが原因……と言われていますが。

私も、数年ホットフラッシュに悩まされています。

で、ここ数日、血糖値に関する本を読み漁り、「あれ？」と思い当たりました。

機能性低血糖の症状とよく似ているのです。

機能性低血糖というのは、文字通り「低血糖」状態です。

この状態になると、頭がボォ〜ッとなり、汗が止まらず、思考がまとまらず、混乱をきたし、イライラが止まらず、衝動的に暴れたり、あるいは鬱状態になったりするようです。パッと見、精神がおかしくなったように見えるので、精神疾患と間違われることも多いとか。

機能性低血糖は、糖質を過剰に摂取することで起きます。

そのシステムを簡単に説明すると。

糖質を一度に過剰に摂取すると血糖値が急上昇↓上がりすぎた血糖値を下げるためにインスリンがハッスル状態で出動↓インスリン、ハッスルしすぎ↓血糖値が正常値に戻ってもハッスル、ハッスル↓血糖値が下がる下がる↓低血糖

つまり、「機能性低血糖」というのは、インスリンの頑張りが原因なのです。なぜインスリンが我を忘れて頑張りすぎるのかというと、それは糖質を過剰に摂取したせいです。急激に上昇した血糖値に反応して、フル装備で鎮火にあたる訳です。

この、血糖値の急上昇・急低下は短時間のうちに起こり、低血糖になると、激しい発汗、ほてり、イライラ、混乱、めまい、衝動的行動が現れます。

実は、若い頃の一時期、私は機能性低血糖でした。母もそうで、お腹が空くと途端に機嫌が悪くなり、般若の表情で、汗をダラダラ流しながら、「ご飯、ご飯」とお釜からご飯を食べる始末。

私も、社会人になる頃に現れました。突然、訳のわからない飢餓状態に陥り、不安感が押し寄せ、汗まみれになり、めまいでふらふらになり、無我夢中で仕事中でも菓子パンを頬張っていました。

この症状が、ここ数年のホットフラッシュと似ているのです。

で、思いました。「機能性低血糖とホットフラッシュの原因は、同じじゃないか」と。

血糖値の乱高下は、まちがいなく、精神を不安定にします。これは、タバコやアルコール依存症の禁断症状に似ています。血糖値が急激に上下し、身体が狂ったように糖質を欲しがるのです。

ホットフラッシュも（私の場合）何か甘いものを食べると治まります。

そして、思い当たりました。「あ、私、ホットフラッシュになるときって、その前に糖質をたくさん取っている」と。つまり、糖質を過剰に摂取したことにより、血糖値の乱高下が現れたのです。

ところで、女性の場合、血糖値の乱高下は女性ホルモンが抑えてくれているようです（なので、男性より甘いものを食べても女性は糖尿病になりにくいようです）。が、その頼りの女性ホルモンがほとんどなくなる更年期以降は、男性同様に糖尿病リスクが高くなります。

なのに、長年の習慣はなかなか直りません。更年期以降も「甘いもの（糖質）」を過剰に摂取し、それで血糖値が乱高下、ホットフラッシュになるんじゃないかと、私は考えました。

ここではっきり言ってしまいますが、糖質には中毒性があります。タバコやアルコールと同じように。もっと言えば、麻薬と同様と言ってもいいかもしれません。

が、私はそれをなかなか認めたくなかった。認めれば、今まで信じていたものがすべて崩壊してしまうからです。私は無類のお米好き。それを否定するなんて……。お米をたくさん食べろと言われて育ってきたのに。私の人生そのものを否定するようで。……ここまでくると、ちょっとした洗脳ですね。

ところで、前に、ツイッターか何かで、「昔の日本人は、今の3倍はお米を食べていたのに太ってないし、糖尿病も今ほど多くなかった。だから、犯人はお米ではない」とお米擁護の発言をしました（無論、お米だけではなくて、パンも麺類も芋も「犯人」なわけですが）。

が、よくよく考えると、昔の日本人は今よりはるかに重労働の中で生活してますので、そもそもの、消費カロリーがまったく違うのです。そして、昔のお米は、今ほど精白されていなかった。私も記憶がありますが、ちょっとヌカくさかったのです。だから、無類のお米好き……と言いながら、実は、白米が苦手だった時期があります。

白米が大好きになったのは、精米の精度が上がり、甘みが増え、文字通り「おいしく」なったからです。明らかに、今の白米は昔の日本人が食べていたものとは違います。昔の人は、白米と言いながら、玄米に近いものを食べていたのではないでしょうか。ちなみに、玄米の状態で食べると血糖値は緩やかに上昇し、緩やかに下がりますので、問題の乱高下は起こりません。

麻薬もそうですが、精製すればするほど純度が増し、その中に含まれる毒も吸収しやすくなります。お米もまた、昔のようにヌカくさいままならばある程度過剰に摂取しても血糖値はそんなに急上昇していなかったんじゃないかと想像。

長くなりました。

人類は、糖質という悪魔に魂を売ることで、知能と文明を手に入れた……ことについても触れようと思ったのですが、それはまた後日。

◆昨日の常識は、今日の非常識◆16/09/18

私がこの世に生まれて半世紀とちょっと。

その間、「常識」だと思っていたことが次々と覆されています。

そのひとつが、ここ数日ずっと言及している「栄養学」。

今まで、生活習慣病予防やダイエットに有効なのは「カロリー」制限だと言われ続けていましたが、昨今、「カロリー」制限はあまり効果はなく、大切なのは「糖質」制限ということになりました（まだ、反論する学者も若干いるのですが）。

ずっとずっと「カロリー」の脅威にさらされていた私たち。それを気にしなくていいと今更言われても、戸惑うばかりです。

そして、もうひとつが、恐竜。

私が小さい頃は、恐竜は「爬虫類」の仲間とされ、想像図もトカゲが巨大化したようなものでした。が、昨今、「鳥類」の仲間となりました（これも、議論中ではありますが、まあ、まず間違いないでしょう）。

そして、恐竜は日本にもいたこと。

私が小さい頃は、日本には恐竜はいなかった……というのが定説で、「ドラえもん」でも、「日本で恐竜の化石が出ないのは寂しい。太古にタイムワープして、大陸から日本に恐竜を連れてこよう」とのび太が無茶振りした回があったと記憶。そのおかげなのか、1978年、岩手県で恐竜の化石が初めて発見され、それ以降は、「日本には恐竜はいなかった」という常識をあざ笑うかのように、日本中で恐竜の化石がざっくざく発見されています。

こんな感じで次々と覆されては、今の常識、定説も、なんだか鵜呑(うの)みにできないものがあります。

◆血糖値と私◆16/09/19

血糖値測定器、税込みで1万円ちょっとだけど、買っておいてよかった。

今、この測定に結構ハマってまして、自分の体を実験台に、何を食べたら血糖値が上がるのかを調査中。

で、食べ物によって、血糖値のピークが違うことを発見。

例えば、糖質の王様、白米を白米のまま食べると、食後1時間以内にピークがやってきて、150とかに跳ね上がります。

以前、「マスカットは血糖値がそれほど上がらなかった」と書きましたが、あれは、食後2時間の結果でありまして、今日、食後1時間で測定しましたら、168というとんでもない数字を叩き出しました。2時間後に測ったら、97にまで急降下。なるほど、マスカットは食後すぐに急激に血糖値が上がり、そして急降下するようです。

その食べ物を素朴な形のまま食べると、血糖値は上がる模様。

一方、白米を油たっぷりでチャーハンにすると、食後血糖値のピークは140以内に収まりました。

この理屈は、「油（脂質）」が糖質をコーティングして、血糖値が上がるのを妨げるためです。

なので、これからは、チャーハンですよ！　チャーハン。

カロリーが高いからと我慢してきたチャーハン！　これが食べられる……。

もちろん、多くは食べないほうがいいのですが。

白米とチャーハンの2択しかなかった場合は、まだチャーハンのほうがいい……という程度のことです。

ここまでで分かったことは、フルーツや白米は、そのままで一気に食べると、血糖値は急上昇するよってことです。

私の場合、空腹時血糖値はいつでも90台と正常範囲なのですが、食べ物によって食後1時間以内にどっかーんと急上昇する傾向があります。

まさに、隠れ糖尿病予備軍。

こうなると、空腹時血糖値って、あんまり参考にならないんですよね。食後1時間ぐらいの数値のほうが重要だと思うのです。そして、食後2時間後に、ちゃんと下降しているか。

身をもって知りましたので、これからは、糖質コントロールに磨きをかけます。

でも、健康診断の検査結果をいきなり見せつけられ、「はい、あなた予備軍なので、食事制限ね」と言われたら、ここまで真剣に取り組むことはなかったかも。

納得できないまま、何かを強要されても、続かないものです。

特に私のような天の邪鬼な性格だと、上から目線で「食事制限」と言われても「けっ」となります。

そういう方、私だけじゃない気がします。

そんな天の邪鬼族は、とことん納得するところからはじめないと……です。

◆昨日の非常識は、今日の常識◆16/09/19

恐竜と栄養学に続き。


最近の「常識」に、「マジですか?」と驚いたことを思い出しました。

いつだったか、久しぶりに転んで、擦り傷ができたんですね。

それで、消毒液を買いに行ったら、ない。赤チンもない。

で、薬剤師さんに聞いたら、「擦り傷は、今は、消毒しないのが常識です」と。

エェェ！

私の小さい頃は、傷ができたらまずは消毒液だったのに。

なんでも、消毒液によって、体の自己治癒力まで弱めてしまうんだとか。

なので、よほどの怪我でないかぎり、今はテープを貼っておしまい。

そんな。昔だったら「非常識」ですよ。

食器のつけおきもそう。私は「ご飯を食べたら、すぐに食器を水につけなさい」と厳しく躾けられました。

が、親戚の一人に、食器をそのまま放置する人がいて。もちろん、食後、食器はちゃんと洗うんですが、数分の「放置」が許せない私の母は、「すぐに食器を水につけないなんて、非常識すぎる」……と。

が、今は、食器を水につけておくことは、NGとなりました。むしろ、放置しておいたほうが、菌の発生を抑えられる。

「水につけろ！　今すぐだ！」と言い続けていた母のほうが「非常識」となってしまいました。

◆今日の夕食◆16/09/19

お昼にマスカットを食べてしまったせいで、血糖値を急上昇させてしまったわけですが(下降するのも早かった)、夕食は気を引き締めて。

とは言っても、私は厳密な糖質制限はしていないので、調味料とか野菜の中に入っている僅かな糖質は無視します（ハードな糖尿病の方は、それこそ玉ねぎに入っている糖質もカットするようですが）。

献立をご紹介。

前菜は、キャベツ半玉とウインナー（6本）と玉ねぎ1玉のポトフ（バターたっぷり）。

メインは、ナスとエリンギとトマトのミートグラタン。チーズとバターたっぷり。マヨネーズまで。

で、食後30分血糖値は、98。

空腹時とほぼ変わらず。

乳製品やお肉は、血糖値が上がるまでに時間がかかるので、まだ上昇途中かもしれません

（この、「時間がかかる」というのが、血糖値コントロールには重要なのです）。

1時間経ったら、また測ってみます。↓食後1時間血糖値は、110でした。

糖質さえ制限すればいいので、バターやチーズやマヨネーズは使い放題。

なので、満腹感は半端ないです。満足度も。

それでもご飯が欲しくなる瞬間があるのですが、そのときは、カリカリに焼いたチーズを。すると、その香ばしさで、満足してしまいます。

血糖値ネタが続きますが、今しばらくお付き合いください。

こんな感じで、今のところ、ダイエット（カロリー）のことは考えずに、血糖値が上昇しない点にのみ注目して食事をしています。

でも、太っている感じはしません（今のところ）。


追記。

私は、まだ「糖尿病」ではなく、食後がちょっと高血糖気味の「境界型」です。いわゆる「予備軍」。でも、このまま何もしないで今の生活習慣を続けていると、ほぼ間違いなく「糖尿病」になるよ……という状態です。

境界型の中高年は、かなりの数に上ると思います。なぜなら、インスリンを分泌する膵臓（すいぞう）

の働きは年々衰えていき、若いときのような食生活をしていると、「高血糖」の時間帯が徐々に増えていくからです。だから、血糖値コントロールは、ある程度歳を重ねたら、誰でも必要になってきます。国は、ある年齢に達した国民全員に、血糖値測定器を配ったらいいのに……と思うほど。……まあ、こんなことを言う私も、ちょっと前までは他人事だと思っていましたけどね。

◆配偶者控除の見直し◆16/09/20

私がライターだった頃。

家計簿の本を書く機会がありました。

そのときに、「配偶者控除」のことにも触れ、「今、見直しが検討されている。もしかしたら廃止されるかも」と書いた記憶があります。

もう、17年前のことです。

随分と、時間がかかったこと……。


でも、「専業主婦」も立派な職業だと思いますので、配偶者控除の見直しに乗じて、「くたばれ専業主婦」という流れにならなければいいのですが。

そういえば。先日最終回を迎えた「家売るオンナ」。何をどうしても家が売れないダメな女子社員シラスミカに対する、サンチーの言葉が凄かった。

「あなたは会社を辞めなさい。そして、あなたを守ってくれる人を見つけなさい」

これ、ここ最近では、なかなか吐けないセリフです。

でも、私は「よくぞ言った」と思いました。

世の中には、外で働くよりも、家庭に入ってこそ、家を守ってこそ、その才能を発揮できる人がいます。

そんな人まで、「働け」と尻を叩くのはどうなのかと。

専業主婦。家事労働者。育児労働者。これらもまるっと「職業」と認めちゃいましょう。

◆私が家を買った理由は◆16/09/20

「それでも家を買いました」というドラマがかつてありました。

三上博史と田中美佐子夫婦が、バブル経済に振り回されながらも、家を買うまでのお話です。最終話、神奈川の最果ての地にマイホームを買った二人ですが。はてさて、あの二人は、その後のバブル崩壊に伴う地価の下落にどう向き合い、そしてどう乗り越えたのか?……などと、フィクションではありますが、時々妄想に耽っています。

さて。私は、今までに2度、家(マンション)を買いました。

1度目は、1997年、33歳のとき。一人暮らしの女性がマイホームを買うなんて、まだ珍しかった時代。

でも、私にとっては当たり前の成り行きだったように思います。

母がひどく「家」にこだわっていた人で。ずっと貧乏でずっとボロ賃貸でずっと差別されながら生きてきたので、だからこそ「家」にこだわったのです。そして、節約につぐ節約の末、数千万円を貯金、現金で家を建てました。確か、30代半ば。母のような水商売人は、現金で建てるより他ないのです。

そんな母を見てきましたので、自分もいつかは家を買うんだろうな……と。ですが、母のようにそれほど執着していたわけではないので、貯金は特にしてませんでした。

でも、30の声を聞き、こんな噂を耳にしました。「年齢がいけばいくほど、独身女の賃貸審査が厳しくなる。最悪、借りられない」と。

これは、やばい。ホームレスになるのだけは勘弁と、33歳の誕生日を迎えるちょっと前の夏に、ほぼ衝動的に、マンションを購入してしまったのでした(幸い、当時は正社員でしたので、住宅ローンを組むことができたのです）。

不動産屋は言いました。「ご結婚の予定は？」。あっけにとられました。なぜ、そんなことを聞くんだと。つまり、その時点ですでに私の中には「結婚」という選択肢はなく、おひとり様のライフプランしかなかったわけです。……これはもはや、遺伝。祖母も母も親戚も、おひとり様揃い。

なので、今のうちに家を確保しておかなくては……という強い焦燥感に駆られ、家を購入したわけです。

……なんていうのは建前で。

私が家を買った本当の理由は。

当時、私は「ジェフ・ベック」先生の熱烈な信者でした。ベック先生に会えるんじゃないかと、イギリスにも何度も行きました。もちろん、会えませんでしたが。

でも、私の妄想は止まりません。

もし、ベック先生が来日したら。もしかしたら、「遅刻、遅刻」と食パンくわえて会社へと急ぐ私とぶつかることもあるかもしれない。そして、すっ転んだベック先生に「大丈夫ですか？」と手を差し伸べる私。「よかったら、私の部屋で休んでいきませんか？」

ここまで妄想して。

「はっ、あんな狭くてボロいアパートにベック先生をご招待することはできない！」と焦燥感に駆られた私。

「ベック先生をご招待しても恥ずかしくない部屋に住まなくては！」

……と、部屋を探しはじめたのが本当の理由です。

もちろん、あれから約20年。ベック先生とぶつかることも、お部屋にご招待する機会もありませんでしたが。これから先も。

それどころか、その部屋には、エアコンを設置しに来たおじさんと、排水口掃除のお兄さんと、消防点検の作業員以外、男性が入ることはありませんでした。

さて、ベック先生をご招待するために購入したその部屋も、この春に、売却しました。

「買うときよりも、面倒だよ、売却は」

そして、今の部屋を購入したわけです。2回目の住宅ローン。

80歳まで払い続けるローンです。

◆美と若さの新常識～カラダのヒミツ◆16/09/22

なるほど！

女性の性欲は、男性ホルモンが支配していると。

男性ホルモンが多い女性は、活動的で好戦的で、仕事もバリバリやる。一方、性欲も強い。

……浮気性の女性やセフレが多い女性というのは、ある意味、男性ホルモンに操られた性のアスリートなのかもしれません。

男性ホルモンが強い女性は顔に出るそうです（アメリカ製のお色気ビデオに出てくる。ジーザス！　とか叫んでいるような女性のイメージ）。

なので、更年期が過ぎた女性が、急に活発になり、旅行だ歌手の追っかけだ社交ダンスだとはじめるのは、理にかなっているのですね。

そして、服装が派手になるのも。あれは、思春期の男の子が粋がって特攻服とかを着だす心理と似ているんだそうです。

いろいろと、納得でした。


追記。

私は、昔から下ネタがとても苦手で、特に女性が語る下ネタトークは鳥肌が立つほどダメなんですが、なるほど、下ネタ好きは「女性ホルモン」より「男性ホルモン」が多い人ってことなのですね。

これからは、女性の下ネタトークがはじまったら、「この人はエロいおっさん」と思えば、生温かい目で見守ることができるかもしれません。

◆秋雨からの縁切り◆16/09/23

雨といえば、梅雨の6月、7月のほうが真っ先に思い浮かびますが、秋雨の9月のほうが、「雨」を代表する月には相応しい気がします。特に今年は、ここんところずーっと雨が降っています。洗濯物がね……大変なことに。

さて、「縁切り」の願掛けというのがあります。東京で有名なのは、長江俊和さんの「東京二十三区女」にも出てきた、板橋の縁切榎。

私は、今まで、「去る者追わず、来る者拒まず」を実践してきました。つまり、「縁」を大事にし、縁がなくなったものは自然と去っていくだろうし、縁があるからお近づきになったのだろう……と。実際、今までは「この人、苦手かも」という人は、自然と遠ざかっていきました。

でも、そんな消極的（他力本願的）な態度で果たしていいのだろうか？　という気も最近していています。それは単純に「嫌われたくないから」「誰にもいい人だと思われたいから」ということではないのかしら？　と。「腐れ縁」という言葉がある通り、必ずしも、その人のプラスに働くご縁ばかりではないのです。

「縁」は、人間関係に限らず、事象や自分自身の心理状態も指します。「悪い流れ（思い）を断ち切って、幸運を招き入れる」というのが、本来の縁切り願掛け。……ということで、私お得意の妄想で、エアー縁切りをしてみました。妄想の中で、その縁をバッサリ切りました。たったそれだけのことでしたが、かなりスッキリしました。

◆景観◆16/09/24

「世界ふれあい街歩き」や「世界ネコ歩き」を見ていると、どんな田舎でもどんなディープな下町でも、風情があって美しいと感じます。一方、日本の街並みといったら……。で、気がつきました。ヨーロッパには、電柱と政党ポスターがないんですよ。

特に、政党ポスター。美しいわけでも味があるわけでもないおっさんやおばちゃんの顔がそこら中に貼られている状況って、かなり異様ですよね、よく考えたら。

日本でも、比較的、綺麗な街並みは、電柱も政党ポスターもない。

ぜひ、このふたつは無くしていただきたいです。

とにかく電柱の邪魔なこと。

ひしゃげて今にも倒れそうな電柱は、景観もさることながら、災害のとき超危険。

欧米どころかアジアの中でも、電柱後進国の我が国。

小池都知事は、電柱地下化推進派なので、とても期待しています。

◆ケトン臭◆16/09/24

血糖値のことをいろいろと調べていると、「ケトン体」という名前に突き当たります。

……先ほど、この仕組みを結構長く書いたのですが、見事消えたので、もう気力がありません。なので、「ケトン体」で検索してみてください。

ものすごく簡単に言うと。

本来、ヒトのエネルギー源は「糖質（ブドウ糖）」なのですが、ダイエットや糖尿病などで糖質が不足したり代謝されないなど飢餓状態に陥ったときに、「セーフティモード」が起動します。脂肪を糖質に変えて、エネルギーとするのです。脂肪から糖質に変わるときに出現するのが「ケトン体」。

昨今流行りのケトン体ダイエットというのはこの仕組みを利用しています。あえて糖質を摂取しないで「セーフティモード」を起動させ、脂肪を糖質に変えて脂肪を減らそう……というものです。

さて、その「ケトン体」、結構な悪臭なのです。別名、「ダイエット臭」。

学生の頃、私はエステサロンでバイトをしていたのですが、そこの痩身施術室が臭かったのです。当時はその臭いの原因が分かりませんでしたので、「生ゴミの臭いがする！　掃除、ちゃんとして！」と、店長によく怒られたものでした。

そう、フルーツを三角コーナーに放置したときのような甘くて酸っぱい腐敗臭。後になって、それは「ケトン臭」だったということが分かりましたが、当時は、本当に不思議でした。

このケトン臭。体から漂うのはもちろんなのですが、室内にも臭いが染みつくのが、困りもの。

で、ここでようやく本題です。

今年の夏まで借りていた職場。新築ではなかったので、前にどなたかが住んでいました。で、内見のときから気になった「臭い」があるのです。

内見のときは夏で、「こんなに暑いのにずっと閉めっぱなしだったからでしょう。換気をすれば、すぐに取れますよ」と不動産屋さん。

その言葉を信じて部屋を借りました。が、どんなに換気をしてもどんなに脱臭してもどんなに空気清浄機を駆使してもどんなに芳香剤を置いても、結局、その臭いが取れることはありませんでした。

ある人にいうと、「それは、霊臭かもしれない」と言われ。なんでも、悪霊がいる部屋には、独特の臭いがするんだそうです。

それで、なんだか色々と怖くなり、1年もしないうちに解約してしまったのですが。

……あれ、「ケトン臭」だったのかもしれません。果物の腐敗臭にスパイシーさをブレンドしたような臭いだったのですが。

前の住人、きっと、かなりハードなケトン体ダイエットをしていたんではないかと想像。

いつか、ネタにしたいです。

◆赤字作家◆16/09/26

今月は、連載の最終回と、新連載の1回目がかぶり、4本の原稿を上げなくてはいけないハメになり、さすがに、限界間近。

このままではイライラが爆発しそうなので、こんな真夜中にメイプルシロップたっぷりのミルクを飲んでしまいました。

仕事が詰まっているときは、糖質制限は地獄です。

……ということで、ひとつ、ゲラを戻しましたので、あとは50枚の原稿を残すのみとなりました。

今月は、本当に苦しいのですけれど（それで逃避して、ブログを更新しまくっているのですが）、でも、これは嬉しい悲鳴ってやつです。

前にも書きましたが、連載をいただくというのは、今の時代、本当に狭き門なのです。私程度の作家に連載の依頼がくるのは、「フジコ」シリーズの余韻のようなものです。

これも前に触れましたが、私の場合、作品によって売れ行きがバラバラです。なので、こう考えています。あまり売れなかった作品こそが、「真梨幸子」の本来の実力だと。そのラインを越えて売れたものは、「たまたま」運が良かったのだと。

そう考えると、私の商品価値は、まだ全然なのです。

ところで、小説家志望の人を対象に書かれたにもかかわらず、プロの小説家に熱烈に支持されている本があります。

「小説講座　売れる作家の全技術　大沢在昌著」

もちろん、私も持っています。紙と電子書籍版の2種類。

で、この本の中に、実に恐ろしいことが書かれているのです。

「(単行本の) 初版が売れて (出版社の) 儲けが出るためには、初版四万部刷らないといけない」

なんてことでしょう。私は、今までこんな恐ろしい言葉を聞いたことはありません。つまり、初版4万部が刷れない作家は赤字作家であり、もっといえば「いらない作家」ということなのです。

もちろん、私も「いらない作家」の一人です。

ぶっちゃけますと、今の私の単行本の初版は (出版社によってまちまちですが)、だいたい、7000部~1万部です。1万部刷っていただけるとなると、「マジですか⁉」と狂喜乱舞。祝杯をあげる勢いです。でも、それじゃ、全然ダメなのです。

じゃ、なぜ、「いらない作家」の本も出版してもらえるのかというと、単行本初版4万部のベストセラー作家さん (前述の本では、日本では20人いるかいないか) の儲けのおかげなのです。版元に漫画の部署があれば、漫画の儲けで、赤字作家も何とか本を作ってもらえているのです。

そう考えると、本当に申し訳なくて、情けなくて。

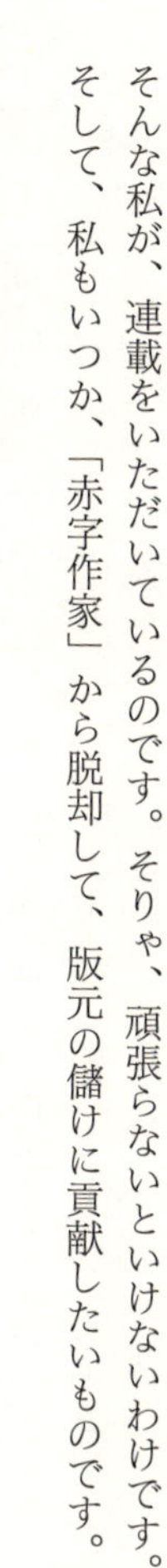

そんな私が、連載をいただいているのです。そりゃ、頑張らないといけないわけです。
そして、私もいつか、「赤字作家」から脱却して、版元の儲けに貢献したいものです。

◆新しいお友達◆16/09/27

キリンのきり子さんが、過労のため引退。
その代わりの、新しいお友達が我が家にやってきました。

羊のラムちゃんです。

早速、マリモさんにご紹介。

舌舐めずりしています。

そして、いきなりの過激なご挨拶。……ヒィイイ。

頑張れ、ラムちゃん。

◆危機管理◆16/09/27

この夏から五百円玉貯金をしています。

まだ、1万円とちょっとぐらいしか貯まってないのですが、100万円は貯めたいです。

永久不滅ポイントも貯めています。20年近く貯めているのにまだ微々たるものですが（ようやく、ダイソンの掃除機と交換できるぐらい）。

ブランドもの（換金しやすい人気のもの）も、年に一度は買っています。

これらはすべて、いつか仕事がなくなって落ちぶれたとき用の、私なりの危機管理です。

私がかつて売れていなかった頃。

机の後ろに百円玉を見つけたときの、コートのポケットに千円札があったときの、あの天地がひっくり返るような嬉しさは忘れてはいけないと思っているんです。

だから、将来の私のために、いろんなところにそっとお金を隠しています。

だって、マイナス金利の今、やっぱりタンス預金が一番だって、テレビでプロの方もおっしゃっていたし。

ということで、今の小さな楽しみは、どうやって五百円玉をゲットするか。

お釣りで五百円玉をもらえるように色々と工夫しながらの買い物は、ちょっとしたゲームのようで。

◆年金の受給資格◆16/09/28

年金の受給資格が、25年以上納付から、10年以上納付……に変更される模様。

多分、それはとてもいいことなんでしょうが。

だとしたら、私があんなに苦しかったときに、病院にも行けずにのたうちまわっていたときに、納付させられていた年金って……。

　私が一番苦しかったのは、デビューしてからですから40歳を超えた頃なんですが、その時点で、10年以上は年金を支払っていました。つまり、新しい制度ならその時点で私にも受給資格が与えられていたわけです。

　なんだかな……。

　なんだろう、このモヤモヤ感。

「年金をろくに納付してこなかった人が、10

あたくしも、どちらかといえばその日暮らしですわ！

年払えば年金をもらえるなんて！」という不公平感でしょうか？

　でも、ちょっと待ってください。

　それまで年金を納付してこなかった人が、「10年に短縮しました」と言われても、納付するでしょうか？

　ここでまた、親戚の話なのですが。お恥ずかしいことに、うちの親戚はその日暮らしの無頼派遺伝子のせいで、年金をまともに納付してきたのは、うちの母だけでして。他は、見事なキリギリス。彼らの性格からして、「10年」と言われても、多分、納付しないと思われます。

納付するしないって、実はお金があるないの問題ではないのです。事実、アリの母を見て育った私は、どんなに苦しくても、年金を納付してきました。

そう、これはもう「性格」の問題なのです。

なので、「10年」に短縮したところで、実は、案外、あまり効果がなかったりして……と考えます。

◆裁判傍聴◆16/09/28

かつては、傍聴しにちょくちょく通っていた東京地裁。

最近はとんとご無沙汰で、これはいけない初心に戻らねば……ということで、かなり久しぶりに東京地裁に。

版元の担当さんお二人と、傍聴してまいりました。

今日は、話題の裁判が二つ。

某大物俳優の自宅に侵入した元マンションコンシェルジュの被告人の判決と、タモ（田母神）さんの選挙違反の二審？

逮捕されるような悪いこと、しないでね。ご飯くれる人がいなくなると困るから

前者の裁判は午前中だったのですでに終了。

後者は傍聴券の抽選前だったので、ためしに整理券をもらってみました。

で、見事、担当の一人が当選！

持ってます！

その後、暴行、強姦、窃盗などの裁判を傍聴。

身が引き締まりました。

帰り、「被告人、みんな普通の人たちでしたね……。あっち側とこっち側の垣根って、低いんですね……。私たちも気をつけましょうね」と、しんみりと真面目に生きていくことを決意した私たちでした。

ちなみに。

今日、傍聴した裁判は、たまたまなのか、ほぼ女性の検察官でした。

かなりポップでカジュアルな女性検察官もいらして、「いやー、法廷の雰囲気も変わりましたねー」と。

◆こんな夢を見た。◆16/09/29

裁判を傍聴したせいかそれとも寝不足のせいか、昨日はとても気持ちが落ち込んで、0時を回る前に早々に就寝。

私の今の心の中を見事ぶちまけたような夢を見ました。

私は、もともとほとんど友人もなく、人間関係も希薄なのですが、それでも（それだからこそ）人間関係の煩わしさを感じているようで、「縁を切りたい、バッサリ切りたい……」と思っている人も少なからずいます。そんな心理を反映してか、夢の中で、暴言を吐きながら知っている人知らない人を立て続けにバッサバッサ切りつける……という夢です。文字どおり、「切りつける」んです。いわゆる、無差別殺人。

そして逃亡するのですが、「ああ、なんてことをしたんだろう……、死刑だ、間違いなく死刑だ。……ああ、なんてことをしたんだろう。夢だったらいいのに、悪い夢だったら……ああ！」と絶叫したところで、目が覚めました。

……夢でよかった……。

そんな夢を見たせいでどんよりしていたのですが、窓を開けたら金木犀の香りがふんわりと漂ってきて、今はむしろ晴れやかな気分です。

◆うんちょテロ◆16/09/29

今日は、起きてすぐに家事のあれこれをしていたので、マリモさんのご飯が少々遅れました。

あまり鳴かないマリモさんですが、ミャーミャーと煩い。

「はいはい、ご飯できましたよー」と猫部屋に行くと、なんとも香ばしいかをり……。

ぎゃー、お部屋がうんちょまみれ！

マリモさん、いくらご飯が遅れたからって、これは……。

なんとも凄まじい抗議に、涙が出そうになりました。

そして、それから約1時間、猫部屋の掃除と洗濯に終始した猫奴隷の私でした。

あたくし、やるときはやる女よ。食べ物の恨みは恐ろしいことを、覚えておいてちょうだい

◆今日を生きよう◆16/09/30

私のようなおひとり様は、かなり頑張ってモチベーションを奮い起こさないと、すぐに虚無感まみれになります。

特に、こんな季節の変わり目は危険。何もかもが嫌になり、投げ出したくなります。投げ出したら楽だろうな……という悪魔の囁きも、いつもより大きくなります。

でも、今はマリモさんがいますので。

ご飯を食べて、うんちょして、チィチィして、お昼寝して、顔を洗って、身体中をなめなめして、外を眺めて、虫さんと追いかけっこして、ご飯を食べて、うんちょして……を繰り返しながら1日を終えるマリモさん。

ああ、動物が生きるってこういうことなのよね……目先のことだけを考えて生きていれば、いつか、自然と大往生するに違いない。

人間は言葉を得たと同時に「想像力」も得ましたが、この想像力が時に悪さをするんですよね。メンタルの病気は、ほぼ、この想像力が原因なのではないかと考えます。

まだまだ、未熟なんですよ、人間の想像力は。だから、手なずけることができないでいる。そこにつけ込んで、「魔」はやってくる。

そして、想像力は、主に、明日以降のことを考えるから、明日以降の未来に向けられます。

下手に明日以降のことを考えるから、ぼんやりとした不安（by芥川龍之介）やら絶望やら虚無感やらに襲われるわけで。

というわけで、私は、マリモさんがちゃんとお水を飲むことだけを考えて、生きることにいたしましょう。

◆テキトープリン◆16/10/01

糖質制限をはじめて、一番困るのがおやつ。

おやつを食べないと、とにかくイライラするのです。

果物は案外血糖値を急上昇させることは前に書きましたが、逆に、割と上がらなかったのがアイスクリームとプリン。と言っても、１４０ちょい上がりますが。

　ということで、今日、自らプリンを作ってみました。市販のプリンにはたっぷりと砂糖が入っていますので、砂糖を使わないプリンです。

　とはいえ、牛乳と卵だけではさすがに味気ないと思い、メイプルシロップを使用。

　……さて、材料は揃いました。が、作り方がよく分からない。若い頃は、手作りお菓子に何度も挑戦したものですが、最近はとんとご無沙汰。

　なので、まず道具がありません。ボウルも容器も。かろうじて泡立て器があるぐらい。

　どうせなら、なるべく手間のかからない方法で作りたい。洗い物が増えるのは面倒だもの。

　でも、ネットで「プリン　手作り」と検索するとレシピはザクザク出てくるんですが、どれも手間がかかって、道具もいろいろと必要。

　さてさて、どうしたものかしら？　と視線を巡らしていると、……炊飯器があるじゃないですか！　最近、お米を炊いてないので、その存在をすっかり忘れていましたが。

　うん。たぶん、これ一つで、サクッとできるはず。女のカン！

　ということで、早速、調理スタート。

　卵3つ、牛乳適当（200ccぐらい？）、メイプルシロップ目分量。それを炊飯器のお釜の中でかき混ぜて、保温のスイッチを押して10分。いい感じであったまったところでバターを投入。そして、改めてガシガシかき混ぜて。

あとは、保温状態で3時間ほど放置。

すべてがテキトーです。カンだけを頼りに。

でも、いい感じのプリンが出来上がりました。味もこれがまた、素朴でいい感じです。冷やしたらもっと美味しくなると思います。

炊飯器の第二の人生のはじまりです。

◆タワーマンションに住む人は……◆16/10/02

私の小説にはタワーマンションがよく出てきます。

というのも、タワーマンションが乱立していた街にかつて住んでいたからです。

ちなみに、当時私は7階建てのマンションに住んでいました。

で、なぜ私が「タワーマンション」を舞台に選ぶかというと、タワーマンションという装置は、そのまま人間の欲望と煩悩と見栄を表しているように感じるからです。だから、自然と「ドロドロ」な人間関係が形成される。……私の書く小説にはもってこいの舞台なのです。


さて。今、「マンション格差」という本を読んでいるのですが。

その本の「タワーマンションの『階数ヒエラルキー』」という章が、とにかく面白いのです。著者が、タワーマンションのコピーを依頼されたときに、業者から渡された資料には「タワーマンションに住みたがるのは、基本的に見栄っ張り」と書かれていたそうです。つまり、「見栄っ張りの心に響くようなコピーを考えてほしい」というわけです。

私もどちらかというと見栄っ張りなほうですから、一度、タワーマンションの高層階に住んでみたことがあります、賃貸ですが。

ですが、1年ももたなかった。何しろ、騒音問題がね……。壁が薄いんですよ。そのほかにも色々と問題があり、「タワーマンション幻想」もあっけなく散りました。で、今は低層の集合住宅を住まいとしています。

いずれにしても、「タワーマンション」を選ぶ人の中には、「見栄っ張り」がかなり交じっていると想像します。だから、他人が「何階に住んでいるのか」が気になり、ついでに所得まで試算し、挙句、ランク付けまでしてしまうんじゃないでしょうか。世にいう、「階数ヒエラルキー」。

暴論かしら。

タワーマンションに住んでいる方がいましたら、ごめんなさい。

◆血糖値スパイク◆16/10/02

来週の土曜日のNHKスペシャルは、「血糖値スパイク」。

やはり、今のトレンドは、血糖値の急上昇なんですね。

でも、「血糖値スパイク」の恐ろしさは、15年ぐらい前から、一部のお医者様や研究者が訴えていたそうです。でも、なかなか認知されず、今、ようやく脚光を浴びて……。

私も、血糖値をマメに測定するようになって、「スパイク」の恐ろしさを知りました。

そして、それまでの常識がひっくり返りました。

カロリーにばかり気を取られ「カロリーが低いから体にいいだろう」と思って食べていたあんなものやこんなものが、血糖値スパイクを引き起こしていたなんて。

さらに、「オカラクッキー」とか「大豆のお菓子」とかをうたっている商品の危うさ。

その名前で「大豆でできているから大丈夫」と過信していたら、足をすくわれます。

それらのお菓子を食べて血糖値を測ったら、目ん玉が飛び出すぐらいのスパイク。

肉ステーキを150グラム食べるよりも、たった数枚のクッキーのほうが血糖値を急上昇させることを知りました。

つまり、オカラや大豆がメインではなくて、小麦粉のほうが多く使用されているんです。やはり、成分表はしっかりチェックしておかないと。

しかし、体の不調というのは、ある意味、「勉強」するいい機会だったりします。ここ数年、いろいろと体に変調があり、いろいろと調べているんですが、そのたびに、新しい知識を吸収しています。人間、転んだときこそ、チャンスです。

穀物を食べ慣れた人間ですらこうですから。穀物を代謝する能力が低い猫なんかが穀類を多く取ったら大変なことになるだろうな……と、改めて。

最近、歯磨きカリカリをくれないのね！　食べたい！　食べたい！　食べたい！

なので、マリモさんには穀物フリーのフードを与えているのですが、実は、マリモさんの大好物は、歯磨き効果があるという、とあるカリカリフード。これを与えると、目の色を変えてがっつきます。そのフードの説明にも、「これはとても美味しいので……」と自画自賛。実際、美味しいんでしょうね。成分を見ると、グルテンが含まれる米粉や小麦粉などがたっぷり。猫もやはり、グルテンの魔力には弱いようです。

……グルテン、恐ろしい子（白目）。

◆歯はみがいてはいけない◆16/10/03

アマゾンからオススメされて、「歯はみがいてはいけない」をポチッと。

前に、「昨日の常識は、今日の非常識」という記事をこのブログに投稿しました。

で、書き忘れたことがありました。

「食事したら、歯を磨け」という常識が覆され、「食後、すぐには歯を磨くな」が今の常識です。食事で酸性に偏っている（歯が柔らかくなっている）状態で歯磨きしたら、歯がガシガシに削られて、それが虫歯の原因になるからです。

その新常識のもっと上をいくのが「歯はみがいてはいけない」。

ここだけの話ですが。私は歯磨きがとても嫌いです。

「歯を磨かなくては」と思っただけで、憂鬱になります。

なので、1日に3度も歯磨きなんてとても無理。

昼は、歯間ブラシして、ガムをかんで、それで終わらせることも多いです。

でも、今のところ、全部自分の歯です。かつて虫歯が3本ほどありましたが、治療済み。抜いてはいません。

「きっと、虫歯ができない体質なんだよ。羨ましい」と、何度も言われました。私を羨ましがってくれる人は、食事ごとに丁寧にきっちりと歯磨きをするような真面目な人たちばかりです。なのに、虫歯だらけで、歯医者に通い続けているという……。

もしかしたら、その歯磨きが「虫歯」の原因だったのでは？　と今になって思います。

そういえば。ヨーロッパのどこかの国で、健康診断を受けている真面目グループと、そうでないグータラグループの追跡調査をしたらしいのです。そしたらなんと、真面目グループのほうが圧倒的に、死亡率が高かったという調査結果が……。

真面目な人というのは、裏返せば、「洗脳」されやすい人ともいえます。

その時々の政策や指導が間違っていても、言われれば遵守する。そんな人たちが、いつでも犠牲になるのかもしれません。

……不条理です。

◆イメージに騙されないで◆16/10/03

イメージに騙されやすい私です。

ですから、「低カロリー」とか「玄米ブラン」とか書いてある焼き菓子をついつい買ってしまいます。

「健康にいいだろう。ダイエットにも」と思って。

ところが、これらダイエット用のお菓子や食品はあまり美味しくない。それでも、「ダイエット（健康）にいいだろう」と思って、食べていたわけです。

ところがところが。美味しくない上に、血糖値スパイクも引き起こすという、とんでもない代物だったのです。

とにかく血糖値を上げない生活を強いられた今、カロリーよりも「糖質」を気にして暮らしています。

で、いろんな食品を食べて、マメに血糖値を測っています。驚いたのが、「低カロリー」とか「玄米ブラン」とか、そういった健康食品のほうが、圧倒的に血糖値スパイクを誘うのです。血糖値スパイクとは、食後1時間ぐらいでやってくる、血糖値の急上昇。

この手の食品は、ただちにエネルギーを得たいときには有効ですが、血糖値が気になる人やダイエットしている人には不向きなんじゃないかしら。

案外、血糖値が急上昇しないのが、アイスクリームとかプリンとか。もちろん「砂糖＝糖質」はたっぷり入っていますが、乳製品やバターといった脂質もたっぷりと含まれているがゆえ糖質の吸収が緩やかになり、血糖値は急上昇しないんではないかと予想。

パスタやチャーハンを食べたときに、思ったほど血糖値が上がらないのと同じ理屈です。どうやら、それまで「悪」と思われてきた「脂質」は、実は糖質吸収を阻害する……という意味では「いい」働きをしてくれるんではないかと。

いずれにしても、ダイエットの常識が覆されていく毎日です。

肝心なのは、カロリーではなくて、「脂肪」に変換される「糖質」。

信じるか信じないかは、あなた次第。

追記。

カロリーも低く、体にも良さそうな「お蕎麦（そば）」。

ダイエットや生活習慣病を気にしている方は、ランチにお蕎麦を食べることも多いかと思います。私も「ちょっと最近、体重が……」とダイエットを意識しはじめたらお蕎麦を食べるようにしてました。

ところがです。お蕎麦はあの見た目と異なり、かなり糖質を含んでいます。お蕎麦を食べた後、血糖値を測ったら、かなり高い数値になりました。

一方、唐揚げとかとんかつは、それほど上がりません（衣に小麦粉やパン粉を使用しますが、油で揚げている分、糖質の吸収は緩やかになる模様。そもそも、そんなに多くは使ってないと思われ）。

デブ御用達……と言われ続けた「唐揚げ」と「とんかつ」は、実は肥満の主犯ではなかったのです。唐揚げやとんかつと一緒に食べる主食が「黒幕」だったのです。

なので、お蕎麦より、唐揚げやとんかつのほうが、ダイエットにもいいかもしれません。

そもそも、お蕎麦って、食べ物があまりない時代、すぐにエネルギーに変換してくれる便利な食べ物……として、裕福でない層に食べられてきた食品です。

時間とお金がないサラリーマンがエネルギー源としてかっ込むには最適な食品ですが、ダイエット食ではない……ということですね。

◆ながら食事のすすめ◆16/10/04

　同じ食事でも、食べ方によって血糖値の上がり方には違いが出てきます。早食いすると血糖値が急上昇、ダラダラゆっくり食べると割と緩やかになります。

「食事するときは、食べることに集中しろ」と躾けられた世代ですが、実際は、おしゃべりしながらゆっくりと食べる方が良さそうです。

　おひとり様の私は、つい食事に集中してしまうのですが（なので、早食い）、今はスマホをいじったり、読書をしたりしながら、食事しています。行儀が悪いなんていってられない。

◆糖質と人類の運命的な出会い。◆16/10/06

「人類（ホモサピエンス）」が誕生したのは約25万年前。

「文明」が誕生したのは、約1万1000年前。

　つまり、人類は、約24万年は原始的な生活をしていました。狩猟をしたり果物や木の実を採集しながら生きてきたのです。

ですが、約1万1000年前、人類に大革命が起こります。「穀物」との出会いです。「文明」は、穀物を「農耕」することからはじまり、裏返せば、「農耕」がなければ、人類は未だ狩猟や採集の原始的な生活をしていたはずです。

つまり、「文明」は「農耕」が大前提になっているのです。日本でも、約1万5000年続いた「縄文時代」が「農耕」の輸入によってあっという間に「弥生時代」という文明社会に生まれ変わりました。

なぜ、「農耕」は「文明」を生むのか。それは、農耕により「過剰」に食糧が作り出されるからです。しかも「計画的」に。「過剰」と「計画的」が、つまりは文明の正体です。「過剰」は「富」となり、「計画的」はルール（思想・文字）を作るきっかけとなりました。「富」がやがて社会的ヒエラルキーと経済を作り、ルールが宗教や法律となっていくのですが……、まあ、細かいことは割愛。

穀類の「農耕」は、「安定」と「余裕」をも生みます。

穀類のすごいところは、そのエネルギーのコスパの良さ。タンパク質や脂質などで同じエネルギーを取ろうとしたら、どれだけの動物と果実が犠牲になることか。

そうなのです。穀類を「農耕」する以前、人類（ホモ・サピエンス）が約20万年も原始的な生活をしてきたのは、食べることでいっぱいいっぱいだったからです。それこそ、猿が一日中食べ物を探してそして何かしら食べているように、かつての人類も「食べ物」のことだけを考えて生きてきたのです。

余計なことなど、考えている暇はありません。

「文明」は、余裕がなければ生まれません。

一方、「農耕」に支えられて、人類は爆発的に人口も増やしていきます。これも、コスパのいい穀類があってのこと。狩猟や採集中心の生活では、とても無理です。

さて。穀類に含まれる「糖質」は、人類の脳にも多大な影響を与えたと考えられます。麻薬が眠っている脳の細胞を刺激するように、糖質にもそんな仕組みがあるんではないでしょうか。人類は、穀物を食べながら、どんどん、賢くなります。事実、脳の栄養分は「糖質」のみです。

が、そんな文明時代は、たかが1万年あまり。

一方、人類のスペックは約20万年の間に培ってきた状態のまま。つまり、「文明」の進化が早すぎて、体の進化が追いついていない状態。

……ああ、前置きが長くなりました。ここから本題です。

「人類の体のスペックは、未だ原始時代。穀類を上手に扱うことができないでいる」ということです。

だから、「糖尿病」だの「高血圧症」だの、「生活しているだけ」で、病気になってしまう（生活習慣病）。まさに、悪魔の呪い。

ところで、人類は、どこで「穀類」と出会ったんでしょうね……。

それは、「文明」を手に入れるための、悪魔との契約だったのかもしれません。

その代償が、「死に至る病」だったのかもしれません。

◆女子の褒め言葉にはご用心◆16/10/08

ゴミ置場でよく会うマンションの管理スタッフさん（女性）。

会うたびに、「素敵ですね〜」とか「羨ましい〜」とか褒めてくださいます。

はじめはお世辞だと思ってテキトーに受け流していたんですが、毎回褒めてくれるので、私も真に受けてしまいまして。

で、今日。狭い通路でゴッツンコしそうになり、ちょっとした譲り合いが。

で、私が一旦、通路を外れようとしたのですが「大丈夫ですよ、通れますよ」と、スタッフさん。

私は、「いやいや、通れても、ぶつかるのが嫌」だったので、外れようとしたんです。

するとスタッフさん。

「通れますよ、確かに、あなたはボリュームありますが……」

そう言ったところで、「あっ」という表情になり、冷たい空気が。

ああ、やっぱり、それが本音なのですね。

「あの人、ボリュームあるわよね……」と、多分、スタッフ同士でも言い合っているんでしょうね。きっと、私のあだ名は「ボリューミー」とかなんでしょうね。

やはり、女性の褒め言葉には気をつけるんでした。

私の経験では、女性は滅多に褒めません。褒めるときは、その対象をちょっと見下しているかその対象に優越感を覚えているとき。または、ビジネス褒め言葉。ショップの店員や営業ウーマンがよくやるやつです。このスタッフさんの場合も、「ビジネス」だったわけです。

なのに、私ったら、真に受けて……恥ずかしい……。

そういえば、先日。

とある知人の女性が、間違って私にショートメールを送ってきました。

その内容は、私のインタビューをどこかで見た……という内容。「貫禄あるよね」と何か小馬鹿にした感じでした。

その人も、私をよく褒めてくれる人だったんですが。

ああ、きっと、私の知らないところで、「貫禄さん」というあだ名で呼ばれている予感。

分かってはいたんです。女性の褒め言葉には気をつけろって。

忘れてました。

ちなみに、お世辞が言えない私は、心にもないことは言いません。

ちなみにちなみに。

確かに、私は太ってます。ここ半年で血糖値も高めになりました。だから、健康のためにも、今、食事制限をはじめたところです。

でも、これでも、服のサイズはMで、ブランドによってはSだったりします（足のサイズに至っては、22・5か22の小足）。

典型的な「標準」のはずなんですが、顔が丸いせいで、全体的に太って見えるんですよ。

かつて、40キロ台でSSサイズだった頃があるんですが、そのときですら「小太りさん」と、バイト先のおじさんにあだ名をつけられていたほど。

……一方、私よりはるかに体重があってLLサイズなのに顔が小さくて面長の子は、着痩せするので「スレンダー」に見えました。

なんとも、世の中とは不条理でございまする。

◆落花生の落とし穴◆16/10/08

ナッツ類は、血糖値をあまり上げないと言われています。

なので、おやつの代わりに、落花生を買ってきたのですが。

で、パク、パク、パク、パク。

……なんか、体の様子がおかしいな……と思って、血糖値を測ってみたら、149まで上昇していました。

血糖値スパイク、出現。

なんで?……と調べたら、ピーナッツは割と血糖値を上昇させる……という報告がたくさんありました。

おかしいな……、血糖値の上昇度を示す数値（GI値）も低い上に、血糖値を下げる……とも言われているのに。

と、そこで、以前、試しに行った、どのダイエットが向いているのかという遺伝子検査を思い出しました。

その結果。私は、糖質はもちろん、脂質にも過剰に反応する、しかも筋肉もつきにくい……というスーパー肥満遺伝子の保有者だったことが判明。

もしかして、遺伝子（体質）によって、世間で言われていることとはまったく異なる結果が出ることもあるのかも。

なんて奥深いの、血糖値。

……それにしても。

物心ついた頃から、「そんなに食べたら太るよ」と常に親に脅かされ続け、なのでスナック菓子や炭酸飲料水には見向きもせず、ガードルまではかされて、ダイエットを強いられてきた私。なのに、「ボリュームありますね」などと、言われる始末。

つくづく、肥満遺伝子が憎い。そして、何を食べても平気な人たちが心から羨ましいです。

◆落花生、冤罪でした◆16/10/09

昨夜、落花生を食べて血糖値スパイクが出現したことを書きましたが、どうしても気になり、今朝、落花生を食しました。

結果。

空腹時血糖値……105
食後30分血糖値……112
落花生が犯人ではありませんでした。
なら、なぜ、昨日は上がったのか……。
あっ。
落花生と前後して、メイプルシロップ入りのミルクを飲んだんでした。

◆可愛い顔は、ホラー◆16/10/10

瞳孔が開いた状態の猫は、クリックリの目なのでとても可愛い……と思っていたのは過去。

猫の目が、明るい場所でクリックリになるのは、攻撃一歩前の状態です。そう、獲物を見つけたときに、猫の目は丸くなります。戦闘モードの印。

なので、マリモさんがこんな目になるとき、私の背筋は凍ります。

必ず、ガブリとやられるから。

そういえば、ホラーなんかで、白目がまったくない黒目だけの人が出てきたりしますが、あの状態を「怖い」と感じるのは、本能なのかもしれません。

……カラコンで黒目を大きくしている人、注意してください。もしかしたら、周りの人から怖がられているかも……。

◆おー、まい、がー！◆16/10/10

油断してました。

白米は、冷やしたり酢飯にしたりすると、血糖値の上昇が緩やかになります。

という事実をいいことに、夕飯に太巻きを食べてしまいました。３切れほど残しましたが……。

そしたら、食後30分血糖値が、１９０超え！

血糖値測定器も「ピーピーピー」とけたたましい警告音。

こんな音、初めて聞きましたよ。

2時間経っても、160超え。
3時間経って、ようやく、115まで下がってくれましたが。
見事な血糖値スパイク。

ああ、私のような予備軍には、何をどうしようと、白米は白米。
とんでもない数値を叩き出します。
このことをしっかりと、心に刻みます。
ああ。来年の2月。私は恵方巻きも食べられない体になってしまいました。

さようなら、恵方巻き！
さようなら、パリ！
さようなら、ベルサイユ！
さようなら、フランス！！！
アデュー！！！

◆地域猫さん◆16/10/12

そういえば。

マリモさんと暮らすようになって、最近、よく、地域猫を見かけるようになりました（それまでは、まったく見かけませんでしたのに）。

私が意識していなかったから気がつかなかったのか、それとも私に染み付いたマリモさんの匂いが何かしら影響しているのか。

ところで、今日、かなり久しぶりに、外で繋がれているワンコを見ました。

昔は当たり前な光景だったのに、屋内で飼うことが当たり前になった今、ちょっとドキッとしました。そして、何か切ない気分に。

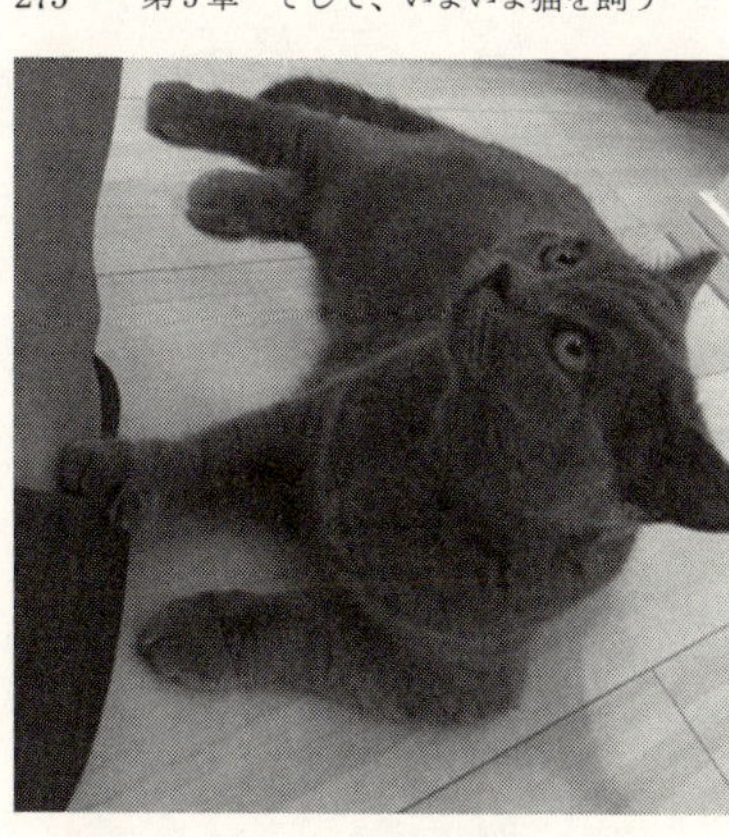

だって、行きも帰りも。その間、5時間は経過しているというのに、ずっと同じ姿勢で一人、おとなしくお座りしている。何か、ハチ公を思い出しました。

ワンコって、こういう健気なところが、もう、なんていうか悲しくて。

一方、猫さんは、一見、自由ですが。

「おでかけするの？　あたくしも連れて行って」と言わんばかりのマリモさんのこんな顔を見ると、やはり切なくなります。マリモさんの自由を奪っているようで。

◆恐怖の返本◆16/10/12

現実を知るというのは、とても辛いことではあります。

でも、裸の王様にならないように、最近では、担当さんに「売れ行きはどうですか？」と単刀直入に質問するようにしています。

いいのか悪いのか分からず悶々とするよりも、悪ければ悪いと言ってもらったほうが気持ちを切り替えることができるし、対策も検討することができるからです。

「売り上げ（数字）だけじゃない、内容が大切だ」とおっしゃる方もいるでしょう。

もちろん、内容も大切です。

が、プロだったら、「数字」も気にしなくてはなりません。なぜなら、数字が悪ければ、次がないからです。

この業界、年々、縮小されている感がひしひしと。

ここ数日、打ち合わせという名の与太話会を立て続けに開いているのですが、版元さんも必死です。

私も必死です。

だから、質問するのです。

「売れてますか？」

正直、そんなことを聞くのはちょっと恥ずかしいです。でも、恥ずかしがっている場合ではありません。

あたくし、20年は生きるつもりなので、
最低、あと20年は筆を折らないでね

かの文豪のヴィクトル・ユーゴーだって、「？」という短い手紙を版元に出して、「レ・ミゼラブル」の売れ行きを訊いています。

私の場合、バカ売れしてなくていいのです。

ベストセラーは、そうそう出るもんじゃありません。

なので目標は、「返本」の量が少ないこと。そう、返本率が低いことが、当面の目標なのです。

たとえ重版がかからなくても、返本率が低

ければ、次の仕事につながります。

いろんな話を聞きます。

1割しか売れなくて、9割返本された話など。

小説家は、刷り部数で印税をいただくので、1割しか売れなくても痛くも痒(かゆ)くもないのですが、そんな状態が続くと、いつか筆を折らなくてはいけなくなります。

なので、今の私の……。

好きな言葉は「重版」。

嫌いな言葉は「返本」。

◆マリモの願い◆16/10/26

ここ最近、私の夢にはかなりの割合で、マリモさんが登場します。

マリモさんがベランダに出てしまい、柵から落ちてしまう……とか。

マリモさんが外に出てしまい、泣きながら捜し回る……とか。

あたくしの願い？
下僕のくせに、そんなことも
分からないの？

突然の地震が来て、マリモさんをキャリーバッグの中に入れようとするも、なかなか入ってくれず……とか。

いずれも、悪夢に分類されるような、疲労感がハンパない夢ばかりだったのですが、昨日は、ちょっと違いました。

マリモさんが、ペンを握りしめ、何かを書いているのです。

覗いてみると、「マリモの願い」と書かれている。

で、その下には、箇条書きでびっしりと文字が。

でも、夢の常で、その文字がどうしても読めないのです。

「あ、そうか、メガネか」と、メガネを探しているうちに、目が覚めました。

マリモさんの願いって、何だったのだろう？　と、それが気になる１日でございました。

◆マリモさんからの、誕生日プレゼント◆16/10/26

下僕よ、お誕生日おめでとう。

あたくしからの、プレゼントよ。

さあ、好きなだけ、お触りなさい。

……といいながら、5秒もしたら、「ふんっ」と、どこかに飛んでいったマリモさんでした……。

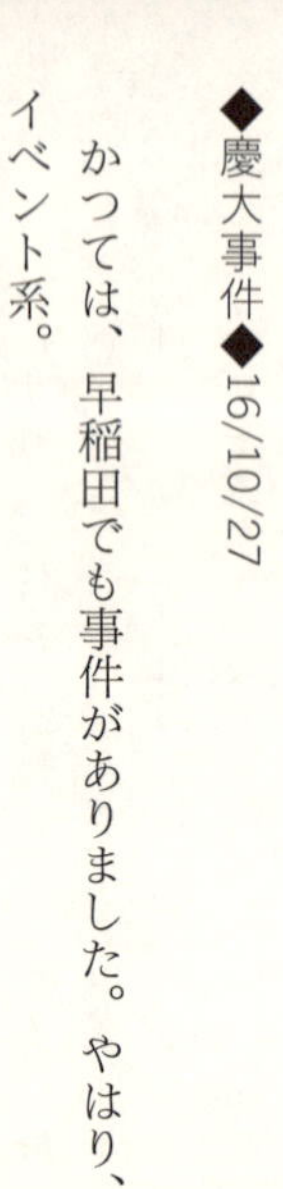

◆慶大事件◆16/10/27

かつては、早稲田でも事件がありました。やはり、イベント系。

東大でも。

いわゆる、「ギャングエイジ」の延長だとは思うんです。

「ギャングエイジ」とは、親や教師の庇護から独立する過程の、あるいは「集団意識」や「社会性」を身につけるための一種の通過儀礼のようなものなんですが、これが時折、悪い方向に展開します。その典型が、「チーマー」であったり「暴走族」であったり「悪徳サークル」だったり。

そして、仲間意識や「絆」を強化するために、度々、「生贄（いけにえ）」が用意されます。それが、リンチや集団レイプにつながるわけです。

運動系の部活でも、時折、「仲間意識」を強める意味で、集団レイプが行われ、それがニュースになります。

リンチもレイプも、「集団」で行うことに意味があり、それが「ギャングエイジ」の特徴でもあるわけです。

つまり、見てくれはいい大人なのに、虫を弄ぶ「幼児」なんですよ、中身は。

「集団」というのは恐ろしいもので、個々ではとても優しくていい子だったのに、「集団」という意識に飲み込まれると、簡単に悪行に手を染めてしまいます。

イワシの大群が1匹の大きな生き物に見えるように、「集団」というのは一つの大きな「意識」だったりするんですよね。だから、個々のパーソナリティなんてあっという間に飲み込まれてしまうんですよ。

それにしてもです。

集団で行われるリンチもレイプも、必ず、「記録」という意味で撮影が行われます。

これは被害者を脅すためではなく、「俺たち、仲間だよな」という、加害者同士の「縛り」の意味でもあると思うんです。

だってです。リンチもレイプも、その行為を俯瞰したら、どう考えても、加害者のほうが1億倍カッコ悪いし、恥ずかしいし、愚かです。そんなのが出回ったら、加害者のほうが社会的信用を失うし、人生終わると思うのです。

見たくもないのに、うっかり見てしまうネットの猥褻動画。

猥褻動画に出てくる、その最中の男性のカッコ悪さ、みっともなさ、おぞましさは、女性の100億倍以上です。これが、社会的地位にある人だったら、まず、失脚でしょう。

先日も、知人とこんな話をしました。

「身内が、仮に犯罪者になったとして。どんな犯罪が一番嫌か？」

そんな質問に、皆、口を揃えて、

「性犯罪」と答えました。

「身内が性犯罪者になったら、縁を切る。最悪、殺すかも」

とも。

それほど、軽蔑の対象なのです、性犯罪は。大昔から。

大昔は、性犯罪者は、最も残酷な方法で消されたものです。

それでも、なぜ、手を染めるのか、男連中は。

バカか。

◆これが、超高齢社会◆16/10/28

横浜で起きた事故。事故を起こした軽トラの運転手は87歳。

……87歳って。

というか、やはり、運転免許には年齢上限を設けたほうがいいと思います。

誕生日を迎えたばかりの私は今52歳ですが、この歳でも、物忘れはもちろん、判断ミス、反射神経の遅れなど、脳、肉体、神経ともかなり衰えてきています。

87歳ともなれば、もはや、酒気帯び運転と同じような思考能力なんじゃないでしょうか。

あと、気になったのが、そのニュースの内容。

近所の60代の女性が驚いて家の外に出ると……

近くで水道管工事をしていた男性（74）は……

通り沿いで理容店を経営する男性（72）は……

現場近くに勤める女性（73）は……

目撃者や証言者まで、皆、高齢です。

加害者も目撃者も高齢者だらけの中、被害者たちだけが小学生。

超高齢社会の暗い現実を見たような気がして、……外を歩くのが怖くなりました。

そういえば、近所の工事現場。

働いているのはどう見ても超高齢者ばかりで、通るたびに、訳のわからない怒声が聞こえます。とにかく険悪な地獄のような現場で、あんな雰囲気じゃ、間違いなく事故が起きる。

何かとばっちりを受けないように、早足で通り過ぎています。

……長寿社会というのは、いいことばかりではない。むしろ、ホラーな気すらします。

肉体や脳の限界は50歳で、多分、これが本来の「ヒト」の寿命な気もします。

私は過ぎてしまったのですが。

ちなみに、私は運転免許を持っていません。

短気な私ですから、運転なんかしたら、絶対、事故を起こすと思ったからです。

だから、「運転しない」ことを選択しました。

なので、自転車も20年前から乗っていません。

……今、自転車導入を検討していて、駐輪場も押さえたのですが、やはりやめたほうがいいと、今日のニュースを見て思いました。

◆マダム・バタフライにはならないわ◆16/10/29

私は割と、お世辞や社交辞令を真に受けてしまうことがあって、例えば、「近いうちに会おうよ」とか言われたら、「じゃ、いつにしましょうか?」などと具体的に予定を立ててしまわないと落ち着かないところがあります。

とはいえ、私はそれほど積極的な人間ではありません。予定を立てたりするのは億劫で、人と会うのも苦手だったりするんですが、「会いましょうよ」と言われたら、やはり、断ることができないのです。だから、「いつにします?」となるのです。

本当に無理なときは、「当分は会えません、すみません」とお断りしますが、相手に「会いましょう」と言われたら、なるべく断らないようにしています。

ですが、「近いうちに会いましょうよ」というのが、「さようなら」と同等の挨拶だということを知ったのは、結構大人になってから。というか、ここ最近です。

仕事のメールをやり取りしていると、「じゃ、打ち上げしましょう」「この件についてはまた、連絡します」という文言で締めくくられることが多いのですが、それを真に受けて、「打ち上げ、いつだろう？」とか「連絡、いつ来るのかしら」などと、マダム・バタフライのごとく、待つこと多々。

いうまでもなく、連絡がそこで途切れるのが常です。

それが、大人の社交辞令。とは分かっていても。なんかモヤモヤするんですよ。そんな、人を待たせるような辞令が許されるのかと。

で、最近では、おばちゃんになったことをいいことに、図々しく「本当に打ち上げするんですか？」「本当に会うんですか？」「連絡くれるとおっしゃったのにありません。あの件はどうなったんですか？」と積極的に訊くようにしています。

これぞ、年の功。

モヤモヤしてルサンチマンを育ててしまうより、よほど、精神衛生上も人間関係上も、良好な結果をもたらします。

日本は、「グレー」とか「先送り」とか「玉虫色」とか「曖昧（あいまい）」な状況が生まれやすい土壌ですが、そんなのに付き合ってられません。

人生の折り返し地点をとっくに過ぎた、おばちゃんなのですから。

残りの人生、そう長くはありません。

マダム・バタフライになっている時間などないのです。

◆キューティ・マリモ◆16/10/29

マリモさんは、ブリティッシュショートヘアという種類の猫さんです。

ブリティッシュショートヘアで検索すると、「ブサカワ」だの「猫界のぽっちゃり代表」だの「まんじゅう」だの「猫界のブルドッグ」だの「チャーチル（英国の政治家）」だの散々な言われようですが、どこからどう見ても、マリモさんは超絶可愛くて、マリモさんを見ていると「キィィイ、可愛いぃぃぃぃぃ」とつい歯ぎしりしてしまい、歯がすり減る思いです（愛情がマックスになると、歯ぎしりが止まらなくなる私です）。

本当に可愛くて。

マリモさん、２ヶ月半。初めての真梨宅

マリモさん、3ヶ月頃。挟まっちゃった！

私の「可愛い」は、マリモさん基準なので、他のシュッとした猫さんを見ると、「ちょっと、痩せすぎじゃないかしら？」と思うほど。

ということで、10月最後の土曜日の午後。木枯らし1号も吹いた土曜の午後。

マリモさんの未公開キューティ画像を一挙公開。

マリモさん、3ヶ月半頃。
またまた、挟まっちゃった！

また、挟まっちゃった！

マリモさん、5ヶ月頃。……
また、挟まっています！

今回は、「挟まる」をテーマにお送りしました。

◆「100歳の世界」◆16/10/29

今日のNHKスペシャルは、「100歳の世界」。

健康なまま100歳を迎えると、まさに地上の極楽が待っているようです。

多分、頭の中では、臨死体験に近い「極楽プログラム」が起動するんでしょうね。

辛さや不安や恐怖や不快感などネガティブなことがその都度消去されて、幸福な記憶しか残らず、毎日が幸福感に包まれるという。

なんて、素敵な、最後のプレゼント。

ですが、このプレゼントを手にするには、「健康」な状態で長寿を迎えなくてはなりません。それがなかなか難しく、大半の人が、その手前で脱落する。

では、健康なまま100歳を迎える「長寿者（センテナリアン）」になるには。

まだ研究ははじまったばかりで、「これだ」という確実なものはないのですが、ただ、ある生活習慣が「センテナリアン」へ導いてくれることは分かってきているようで。

食生活とか運動とか色々とあるのですが、一番、説得力があったのが、「満足感」。満足感が、人を老化させる「慢性炎症」を防ぐんだとか。

が、「満足感」にも2種類ありまして。

「食欲」「物欲」「性欲」「金銭欲」など利己的な「快楽」につながる満足感は、むしろ「慢性炎症」を増加させ、「100歳」の長寿を迎える前に、ありとあらゆる「病」と「老化」に蝕まれ、そして結果的には「極楽」を感じる前に死んでしまいます。

一方、「社会的貢献」「家族の世話」「芸術や仕事」などの他者に向けられた行為による「満足感」こそが、「慢性炎症」を抑えて、ハッピーな100歳極楽へと導いてくれるんだとか。

なるほど。

古今東西の宗教が、「欲望・快楽」を否定して「愛（アガペー）」や「慈悲」を推奨するのは、こういう意味なのかもしれません。

人間は、経験的に、大昔から分かっていたんでしょうね、「欲望・快楽」の恐ろしさを。それにとりつかれた者は「地獄」に堕ちる。つまり、辛くネガティブな感情に覆われたまま、死ぬことを。

一方、「欲望・快楽」から解脱できた者だけが、長寿者（センテナリアン）となり、「極楽」を手に入れることができる。

ところで、私のここ数年の座右の銘は、「快楽よりも、快適」なのですが、これ、あながち間違ってなかったのだな……と。

◆ツンデレちゃん◆16/10/31

マリモさんのために手作りした、猫ベッド。
ところが、興味を示したのは初日だけで、あとは放置。

やっぱり、手作りって、「重い」のかしら……。
と思っていたのですが、猫ベッドにはそれなりにマリモさんの毛玉が。
私が見ていないときに、使ってくれている？
いや、でも、使っているところ、見たことがない。
というか、猫ベッドを避けて生活している。
やっぱり、手作りは「重い」のよ、猫でも。
そんなモヤモヤを抱えながら、約3ヶ月。

本日、とうとう、その姿をドアの隙間から目撃してしまいました！
寝こみを襲われて、キョトンとするマリモさん。
我にかえると、「ち、違うんだからね！　ちょっとつまずいて、ベッドに倒れこんだだけなんだからね！」と言いたげに、ピュッとどこかに飛んで行ってしまいました。

ああ、マリモさん、ちゃんと使ってくれているのね！
この、ツンデレちゃんが！
また、ベッド、作ってあげるからね〜。
誕生日を楽しみにしていてください♪

寝ているときにそっと覗き込んで、写真をとるだけとって、無言で退室。
なんなの、あの飼い主は。変態なの？　出歯亀なの？

◆出歯亀◆16/11/01

マリモ部屋を覗いてみたら、
今日もベッドでお昼寝をしてました。

◆猫つぐら◆16/11/02

来月、マリモさんは1歳の誕生日を

迎えます。

猫つぐらをプレゼントしたくて。
藁(わら)だとハードルが高いので、紙紐でチャレンジ。
はてさて、完成するのでしょうか。

◆猫つぐら、製作中◆16/11/03

紙紐を、藁のようにほぐして。
底の一部が出来上がりましたが、これでいいのか、ちょっと不安。

◆床暖房◆16/11/03

今の部屋に越して、1年と7ヶ月。
「このスイッチなんだろう……」と思いながら、面倒なのでそのままにしていたものがあります。

ああああ。体が自然と開くわ！このまま、動きたくない！

で、「あれ？　そういえば、この部屋、床暖房が付いてなかったかしら？」と思い出し、部屋の引き渡しの時にもらった分厚いマニュアルを繙いてみたら、例の謎のスイッチが、床暖房でした！

つけてみたら、まあ、あったかいこと！

足元が暖かいと、エアコンはいらないかも？

エアコンって、温度調整が割と難しく、突然暑くなったりして消したりつけたりの繰り返しなんですが、床暖房はいい感じでまったりと暖かいので、快適〜。

なんで、今まで気がつかなかったのか。

マリモさんも、開きっぱなし。

そして、謎のスイッチがあと2つほどあるんですが、まあ、それは追々。

◆プリンアラモード◆16/11/04

久々の、プリンアラモード。

今日は、新宿に行ったついでに、伊勢丹へ。

伊勢丹は、相変わらず、ワクワクする場所です。

百貨店がどんどん閉店していく中、生き残るのは多分、都心の百貨店だけではないでしょうか。

都心でも、こんなことを言ったらお叱りを受けるかもしれませんが、……暗いし活気がないしょぼい百貨店が多いのですが。

なんというか、……古臭いんですよね。

昭和40年代で時間が止まっているような。

だから、ワクワク感もない。

これだったら、無印良品やユニクロの売り場のほうがよほどワクワクします。

なんでなんだろう？

と色々と考えてみました。

で、大きな要因を2つ、思いつきました。
・天井が低い。開放感がない。
・店員の平均年齢がかなり上がっている。
この2つとも、共通するのは「高齢化」。

百貨店が建てられたのは、多くは昭和30年代後半から40年代。建物の老朽化が進み、そのせいで、暗くてしょぼい印象が出てきているのかもしれません。

そして、「店員」の高齢化も課題だと思います。

デパートの売り場店員は、大半が、「マネキン紹介所」から派遣されている人たちです。

私が学生の頃、マネキンのアルバイトをしていたときはそうでした。そして、今もその傾向は変わっていないと思います。

私がマネキンをしていたときも、普通だったら定年退職してそうなおばあちゃんのマネキンさんがいました。でも、そういう人は大ベテランでしたので、おばあちゃんでもハキハキしていたものです。そもそもおばあちゃんはそんなに多くなく、20代、30代が主流でした。

それが、バブル時代。

きっと、そのとき主流の若かったマネキンさんが、そのまま働き続け、50代、60代を迎えているんじゃないでしょうか。

あるいは、他の仕事をしていた、または仕事そのものをしていなかった人が、ある程度歳をとって、いきなり「マネキン」さんになっているかもしれません。

私が売れなかった時代、再びマネキン紹介所に面接に行ったことがあるんですが、その募集内容は20代向けの売り場担当。なのに、40代、50代の人が多く面接に来ていて、実際、そのうちの何人かは面接に合格し、派遣されていました。

見たところ、接客経験のない人たちばかり。

私がアルバイトしていたときも、全く接客経験がないまま、いきなり売り場に放り込まれたものです。つまり、百貨店の店員さんの中には、かなりの割合で、接客スキルのない、あるいは経験の浅い人、要するにプロ意識の薄い人たちが交ざっているのです。

だから、ちょっと空いている時間に行くと、平気で、店員さんどうしでおしゃべりしていたり、大声でアルバイトを叱りつけたりしています。

これじゃ、ファストフードショップや、ユニクロなどのチェーン店に行ったほうがいい。大手チェーン店の店員はしっかりと接客を訓練されているので、買い物していても気持ちがいいのです。

百貨店の衰退の原因は、この辺にあるんじゃないかと考えます。

「接客」スキルを訓練する……という手間暇を省いて、安価な非正規社員（マネキン）たちを大量に投入した結果、「百貨店離れ」が起きているんじゃないかと。

一方、伊勢丹のような勢いのある百貨店は、違います。

行けば分かりますが、皆、若くてハキハキしていて、接客スキルも高い。

マネキンさんも多く投入されていると思いますが、トップレベルの人たちが選ばれて派遣されている感じがします。何より、黒のパンツスーツで統一されているのがいいですよね。

……とは言ってもこの伊勢丹も、リニューアル前は、ちょっと「昭和臭」がしていて、私は苦手だったのですが。

リニューアル後は、本当に、素敵になりました。

伊勢丹に住んでしまいたいぐらいに。

◆マリモさんのためなら、えんやこら◆16/11/05

猫つぐら、ここまでできました。

紙紐ちょうど1個分。

鍋敷きくらいの大きさです。

まだまだ先は長いわね

胴を長くして待っているわ

◆「子」から「長女」へ。◆16/11/10

パスポートが切れて早10年。さすがにそろそろ更新しようと思い、まずは、前住所にあった本籍を、現住所に転籍するところから。

転籍手続きには数日かかり、それを待っていたところ。

区役所から電話があったのです。

「『子』となっているところを『長女』にすることができますよ」とのこと。

初めは、何のことやらさっぱり。

しばらくして、「ああ、母との続柄のことか」と。

私は未婚の状態で生まれた子供なので、戸籍には「子」としか記載されていませんでした。婚姻関係の男女から生まれるか、父親から認知してもらった場合は「長女」とか「長男」とか「次女」とか「次男」とか記載されるんですが。

まあ、これも社会のシステムだから仕方ないと、特に気にしてはいませんでした。「子」であることが不利に働いたこともなかったし、それが原因で不都合があったわけでもないし（もしかしたら、私の知らないところで不都合があったのかもしれませんが）、「子」のままでも、ご覧の通りちゃんと生きてきましたので、このままでもいいかと。もっと言えば、「子」というマイノリティであることに「ちょっとフツーとは違う」……と厨二病的なことまで思ってました。

ところが、区役所の役人さんがあまりに熱心に「今は、『長女』に変更することができるんです。変更しますか？」と尋ねるので、「はい、変更します」とお返事。

ということで、本日、私はめでたく「子」から「長女」となりました。

知らないうちに、細かいところでシステムって変更しているんですね。
今度、ネタにしてみようかしら。

◆猫つぐら　進捗状況◆16/11/10

紙紐3個分終了。
仕事部屋で、仕事をしつつの作業なので、なかなか進まず。
なら、自宅でもやったら？　とは思うんですが、どう考えても無理。
こんなの編んでいたら、間違いなくマリモさんの餌食になります。
なので、鶴の恩返しの鶴の心境で、こっそりと。

◆喧嘩。◆16/11/11

マリモさんの甘噛みが日に日に強くなり、今日はあまりの痛さに「ごるぁ！　いい加減にしろや！」と、私もマジで反応してしまいました。
そのときのマリモさん。

イカ耳です。
睨みつけています。
まだ睨んでいます。
しばらくは険悪なムードでしたが、ご安心ください。
その数分後には、仲直りの甘噛み攻撃を受け、血だらけの私です。

大丈夫よ、あたくし、邪魔なんてしないわ。だから、おうちで編んでよ！　楽しそう！

◆喧嘩の後は◆16/11/12

昨夜、ちょっと声を荒らげてしまったせいか、今朝のマリモさんの対応が冷たい。

そんなマリモさんを置いて、今日はカラーリングというか、白髪を染めに美容サロンへ。

頭をいじってもらっている間中、担当さんにマリモさんの写真を見せびらかしていました。

絵に描いたような親バカ。

お付き合いくださり、ありがとうございます。

ところで、ここ最近、マリモさんの毛並みがちょっと銀色まじり。

冬モードってことでしょうか？

そういえば、「ロシアンブルーカラー」という毛染めカラーがあるんだそうです。ロシアンブルーカラー、つまり、ブリショーカラーとも言えます。

私も、やってみたい。

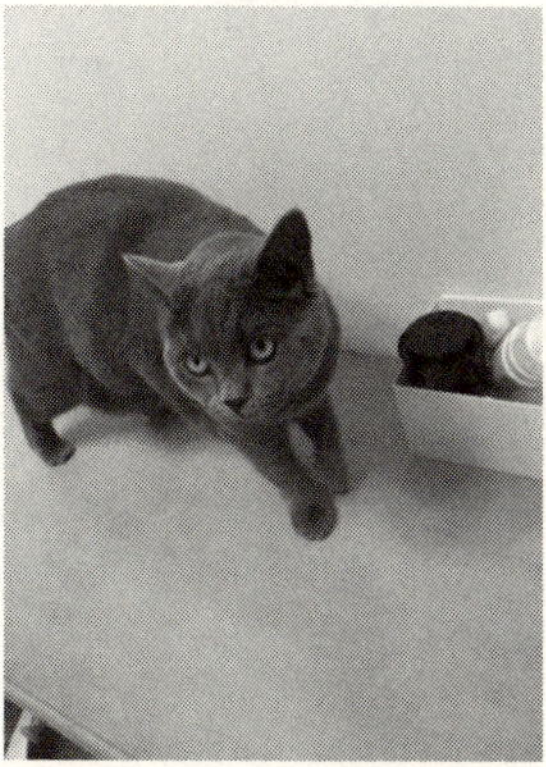

ロシアンブルーカラーって。……それってつまり、ロマンスグレーってやつでしょ、オサレなおじ様がやっているやつ。ものもいいようね

◆猫つぐら、進行中◆16/11/13

紙紐6個分。

形になってきた？

◆クローズアップ現代～多頭飼育崩壊◆16/11/15

最近、よくテレビで特集されるのが、「多頭飼育崩壊」。

特に、猫。

はじめは1匹、または2匹だったのが、それこそねずみ算式にどんどん繁殖し、たった数年で数十匹になるという。

その原因を色々と紹介していましたが、一番の原因は「経済的に余裕がない」に尽きるんじゃないかと。

経済的に余裕がないから避妊、去勢手術を先送りし、ついには大繁殖、家も家計も破綻するという悲劇。

それこそ私が若い頃は、貧乏学生ほど子猫を拾って育てていました。

昔は放し飼いが普通だったので、自分が育てられなくなってもそのまま放置していれば、他の誰かが育ててくれたものでした（田舎では。都会の事情はよく分かりません）。

猫もその辺をちゃんと理解していて、飼い主を数人キープしていたものです。

が、現代。

家の中だけで飼うのが当たり前となった今、一度猫を飼ったからには、最後まで面倒を見なくてはなりません。

「いや、そんなの当たり前でしょう？」と思われる方もいるでしょう。

が、これが案外、難しいんじゃないかと。

マリモさんと暮らしはじめて分かったことは、「ペットを飼うということは、お金と時間が想像以上に必要だ」ということです。

今、私はおかげさまで、金銭的には余裕があります。時間も自分の都合で自由に使えます。

ですから、マリモさんの避妊手術も、健康診断も、特に悩むことなく実施しています。

何か病気になって手術しなくてはならない……となっても、迷わず手術させるでしょう。

それがたとえ、数十万かかったとしても。


ところが、これが、貧乏学生だったとしたら？

避妊手術に3万円と聞いてまず狼狽（うろた）えるでしょう。病気になっても、もしかしたらお医者さんにかかることができないかもしれません。お医者さんにかかったとして、「治療に数十万円かかります」と言われたら？

……考えただけで、辛いです。

今は、一応、「ペット保険」もありますが、その掛け金が、まず、高いですから。金銭的に余裕がない人は、加入を諦めざるを得ないでしょう。


……つまり、何が言いたいかというと。

たった1匹でも、猫（または犬）を飼うということの、経済的負担。

人間同士でもいえるのですが、愛情と経済は切っても切れない関係にあるのです。

人間だって、その愛が破綻する原因のほとんどは、「お金」ですから。

そして、衝動的な「きゃーかわいい」や「かわいそう……」で、ペットを飼うことの恐ろしさ。

……という私も、マリモさんとの出会いは「衝動的」なものでしたが。

でも、「お金と時間に余裕がある今」だからこその「衝動」であったとは思います。

今までも、ペットを飼いたい衝動が幾度となく駆け抜けましたが、そのときは、お金も時間も自由ではありませんでした。だから、その衝動を鎮めるため、妄想の中でペットを飼っていました。エアペット。

そんな修行を乗り越えての、マリモさんとの出会いです。

この縁を大切にしたいです。

◆猫つぐら、再開◆16/11/19

今週は色々忙しくて、猫つぐら製作を中断していたのですが、ようやく再開。

紙紐7個分。

追記。

この時点で、なんだかんだと、1万円は散財している気が。

多分、出来上がるまでに、あと、１万円が出て行く予定。

……手作りって、最高の贅沢ね。

こんないびつな猫つぐらなのに。

◆猫つぐら◆16/11/22

紙紐約10個分。


追記。

猫つぐらは、職場でコツコツと作っています。

自宅でやると、マリモさんの餌食になりますからね……。

なので、遅々として進まず。


ようやく、出入り口が完成したところ。

不細工な形ですけれど。

こんなつぐらですが、本日、製作しているところを取材されました。

いや、本当は別の取材だったのですが、「ぜひ、私の涙ぐましいつぐら作りを撮影してください」と、アピールしてみました。

はてさて、その画像は採用されるのか？

◆しっぽ手錠◆16/11/25

ツンデレのマリモさんは、私が他のことに熱中しているとトコトコやってきて、私の腕や手首に、自分のしっぽを巻きつけてくるんです。

まさに、手枷（てかせ）状態。あるいは手錠。

ああ、この束縛がとてつもなく快感なのです。

……大丈夫か、私。

でも、そんなしっぽ手錠を、なかなか撮れなくて。

カメラを向けると「なによ」と、どこかに行っちゃいます。

それもまた、愛らしくて。

で。思いました。

この猫の異常なまでの可愛らしさは、まさに、猫の戦略なのだろうな……と。

猫は、猫として進化する上で「人間を籠絡する以外、生きる道はない」と考え、多分、人間が可愛いと感じる仕草や鳴き声を会得してきたんだと思います。

犬もそうです。

もっと言えば、人間に飼われる道を選んだ動物は、「赤ちゃん」の状態で止まるように進化するんだそうです。

なぜか。

それは、「赤ちゃん」の状態のときは、種を超えて可愛いと感じさせるスペックを多く持っており（これも、種を存続させるための戦略。可愛いスペックを多く持っていると、大人から守ってもらいやすいし危険を回避できるんだそうです）、人間にもより可愛がってもらえる……つまり、生き長らえることができるからです。

犬は、可愛さの他に、絶対服従……という武器も進化させてきましたが、猫は、「可愛い」に特化して進化してきた感じがします。

本当、すごいですよ、猫の可愛さは。人間を腑抜けにする。

で、ここで人間の赤ちゃんです。

哺乳類の赤ちゃんは、大人に守ってもらえるように「可愛らしい」のが基本です。

で、人間の赤ちゃんももちろん可愛いのですが、でも、可愛いだけじゃなくて、憎たらしい……と思う瞬間もないですか？　私には年の離れた弟がいてよく子守をさせられたものですが、可愛いという感情より、「泣いてばかりで、面倒だ」と思うことのほうが多かったように記憶しています。

なぜ、人間の赤ちゃんは、時に大人を不快にするほど泣くのか。泣くことで、不利になることのほうが多いのに。

私はずっとそのことを考えてきました。自分を守る……という意味では、赤ちゃんはいつでもどんなときでも可愛らしいほうがお得なはずなんです。大人が可愛さにほだされて、守ってくれますから。

で、最近、解答らしきものにぶち当たりました。

「赤ちゃんがあそこまで泣くのは、大人……つまり保護者である親を試しているんじゃないか？」と。

赤ちゃんがいつどんなときでも可愛らしいままでは、多分、その可愛らしさにメロメロになった無関係な大人に略奪される恐れがある。その大人が自分をちゃんと育ててくれるかどうかは分からない。

だから、泣くんじゃないかと。関係ない大人を排除するために。

そして、本当に自分を愛し守ってくれる大人を試すために。

……そう思うと、電車やバスの中で泣き喚く赤ちゃんに遭遇しても、「お、試されているな、私たち」と、なんだか心があったまる気がいたしませんか？

◆猫つぐら◆16/11/27

紙紐12個分。

形が、相変わらずイビツですが、完成まで、あと少し。

それにしても。こんな形にするつもりはなかったのに……。

鐘型、あるいは富士山型になりつつあります。

◆パナマ文書◆16/11/27

Nスペ「追跡　パナマ文書」を見ました。

まるで、ドラマを見ているよう……いや、それ以上に興奮した。

というか、お金持っている人は、頭いいね……。

そして、たぶん、罪悪感というものがない。

だから、「そんなことをしたら地獄に堕ちるぞ。天罰が下るぞ」と言われても、けろっとしている。

地獄や天罰の脅しって、所詮は、お金持っている人には通じないんだと思います。

なぜか。それは、天罰だ地獄だ天国だ神だ仏だ……というのは、権力者や支配者が、人々をコントロールするために生み出した仕組みに過ぎないから。

だからお金持ちは、そんな脅迫、ちっとも怖れないんです。

彼らは知っているんです。天国も地獄も、作り上げるのは自分たちだということを。

今、サイコパス関連の本を数冊読んでいるんですが、恐怖心も良心も罪悪感も持ち合わせないサイコパスな人々は、社会ヒエラルキーの上位に多く存在する。

そして、政治家や弁護士や金融商品関係者や企業の経営者や聖職者に多いとありました。

あとは、外科医とか警察官関係とかコックとか軍人とか。変わったところでは中古車販売業者。まあ、これは、アメリカの場合ですが……。

つまり、政治家や弁護士や金融商品関係者、企業（ブラック企業）の経営者や教祖は、恐怖心や良心や罪悪感が邪魔になる職業ともいえます。そんなのがあると、思うように仕事ができない。

もっといえば、人を支配し、富を自分のところに集中させるには、恐怖心や良心や罪悪感があってはいけないのです。

それとも、逆か。

権力や富を持ちすぎると、恐怖心や良心や罪悪感が邪魔になるのかもしれません。

「貧すれば鈍する」という言葉がありますが、富を多く持ちすぎても、鈍するものです。

……でも、地獄ってあると思いますよ。そして、神もいる。

それは、歴史が証明しています。

驕れる人も久しからず。

パナマ文書に載った人々が、どのような顚末をたどるのか、興味津々です。


ちなみに。盗まれた個人情報が使われている場合もあるんだとか。だから、パナマ文書に名前があるからと言って、本人かどうかは分からない……ということですが。

まさか、この事実を逆手にとって、「これは俺じゃない、俺は、名前を使われただけだ！」と、一転、被害者面する金持ちや権力者も多数現れる予感。

……どこまでも、頭がいい人たちですから。

追記。

おっと。サイコパスが多い職業に、「ジャーナリスト」もありました。

今回のパナマ文書、その解明に躍起になっているのは世界中のジャーナリスト。

サイコパスvsサイコパスの図式です。

まさに、毒をもって毒を制する。

◆盗聴？　ASKA容疑者問題をイヤミス的に考える◆16/11/29

怖い……事件。

ASKA容疑者問題。

自ら「盗聴、盗撮されている」と警察に通報したところ、逆に自分が逮捕されてしまった件。

今も、ワイドショーで特集しているんですが。

……確かに、これが一般人なら、盗聴、盗撮なんて言い出したら、脳の不具合かドラッグ使用をまず疑うでしょう。

が、ＡＳＫＡ容疑者の場合、あながちただの妄想とも言えないような……。

何しろ、伏魔殿の芸能界。

えげつない盗聴や盗撮の話もよく聞きます。

例えば。80年代のビッグアイドル×ビッグアイドルの恋愛騒動。

あるとき、二人のいちゃいちゃタイムの会話がリークされました。

一体、どうしてこんなものがリークされたのか？

どうしても信じられず、高校生の私は、「ガセなんでは？」と思ったものです。

が、後年。

その会話は、某シティホテルで盗聴されたものだということを知りました。

今は、もうないホテル。が、結構な盗聴が横行していたとかいないとか（信じるか信じないかはあなた次第）。

このことから、今回のＡＳＫＡ容疑者の訴えは、妄想半分、真実半分なんでは……と。

また、イヤミス的に推理しますと、ＡＳＫＡ容疑者は、もしかしたら身近な誰かに巧妙に操られ、そして陥れられている可能性も……。まあ、これは私の妄想ですけれど。

ちなみに。

盗撮といえば。

超心配性で疑り深い私は、公衆トイレは極力使わないようにしています。

公衆トイレには盗撮カメラが仕込まれている……と疑っているからです。

なので、日頃から膀胱を鍛え、外出するときはトイレに行かないようにしています。

どうしても行きたくなった場合のため、事前に「ここなら安全だろう」と思われるトイレスポットをいくつかピックアップして心のメモに記しています。


そして、盗聴といえば。

所沢の住まいを引き払うときに、何本か電源延長コードが出てきました。

どれも、私が買ったものです。買った理由、買った場所までよく覚えています。

でも、本棚の裏から出てきた1本は心当たりがなくて。

どんなに考えても、心当たりがない。

しかも、その延長コードは、妙に無骨で私なら絶対に選ばないようなデザイン。

長年住んでいたのですから、買ったことを忘れてしまったのかもしれないとそのときはそのまま破棄してしまったのですが。

その数週間後、盗聴バスターの番組を見て。

私のように、家具の裏から心当たりのない電源コードが出てきたお宅が紹介されました。

まさに、それが盗聴器だったわけです。

……まさか、あの延長コード、盗聴器？

あの頃の私は、割とたくさんの知人を安易に家に上げていたしな……。

でも、うちを盗聴したとしても、特に収穫のある会話なんて聞けるはずもないのに。……

あ、でも、もしかして……。

などと、イヤミス的妄想が止まらなくなり、このときに思いついたネタで、近々執筆予定。

◆師走◆16/12/01

さて。いよいよ、12月になりました！

なんか、ノリにノッている私は、たった今、年賀状の裏面のプリントを終えました。

あとは、宛名書きだけ。

ここ数年、後出し年賀状だったのですが、今年は、先走ってます。

何しろ、マリモさんがモデルですから！

そして。

今週末は、おせちの注文をして。

クリスマスを飛び越えて、頭の中はすっかりお正月。
……あとは、年末進行の原稿をやるだけです（これが一番大変なんですが……）。
あ。そうでした。もっとも大切なイベントがありましたね！
マリモさんの誕生日です。

◆猫つぐら、完成！◆16/12/03

猫つぐら、完成しました。
誕生日まで、あと6日。
余裕で間に合ったのは、マリモさんの誕生日が今日……3日だと勘違いしていたから。
動物保険会社から届いたバースデーカードで、勘違いに気がつきました。

ね。ひとつ、確認させて。
あなた、あたくしの誕生日を「12月３日」だと勘違いしてない？
あたくしが生まれたのは、「12月９日」ですからね！

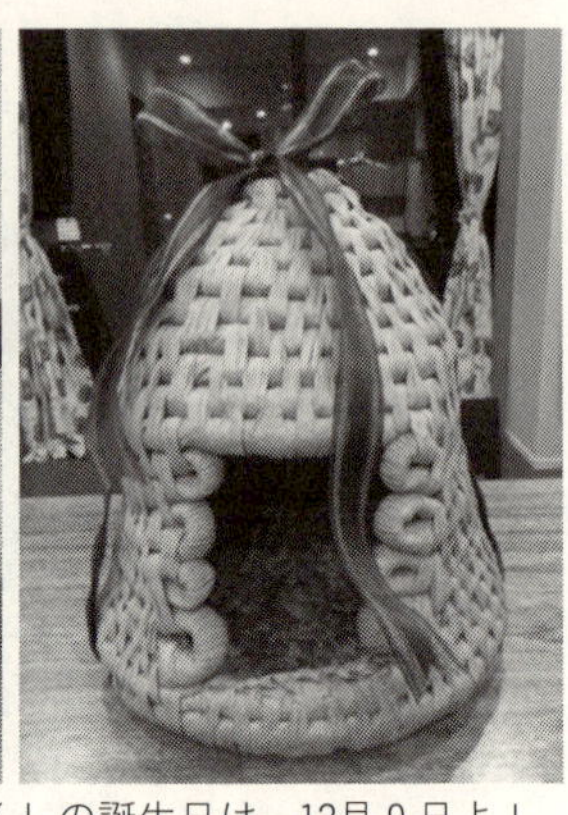

もう一度言っとくわ！　あたくしの誕生日は、12月９日よ！

誕生日まで、職場にてスタンバイ。
ちなみに、使用紙紐は、14個。
図らずも、……鐘型になってしまいました。
出入り口もイビツですが、まあ、第1号なので、こんなもんかしら。

次こそ、ドーム型に。

◆誕生日イブ◆16/12/08

マリモさんの誕生日イブ。
準備をしていましたら、……早速、お出ましです。
そして、早速、ガリガリと剝がしまくり。
明日、猫つぐらをお披露目するのですが……

きっとこんな感じで爪研ぎ器にされそうな悪寒。

◆マリモさん！　お誕生日おめでとう！◆16/12/09

9日になりました。
去年の今日、マリモさんがこの世に誕生しました。
マリモさん、生まれてきてくれてありがとうね！
病気もせず、健やかに育ってくれて、本当にありがとう。
……ということで、冷凍保存していたケーキを解凍。
完全に解凍されるまで、数時間。

◆初めてのケーキ◆16/12/09

マリモさん、ケーキが解凍されましたよ。
切り分けてみますね。

◆マリモさん、猫つぐらとの遭遇◆16/12/09

いよいよ、マリモさんとご対面です。

えっちらおっちら、自宅まで運んで参りました！

猫つぐら。

おっ、興味津々。

おっ、入った！

マリモさん、お友達のKさんからもプレゼントが届いていますよ！

ということで、無事、マリモさんのバースデーセレモニーも終わりました。

イベントにはとんと無縁の私ですから、正直、ちょっと疲れました。

でも、なんだか気持ちのいい疲労でございます。

そして、猫つぐら。
出入り口の大きさがちょうどでよかった……。
大きくしたことで形がいびつになってしまったのですが、
大きくしなかったら、多分、体がつっかえてました。

でも、早速、爪研ぎ器と化していますが。

まあまあね

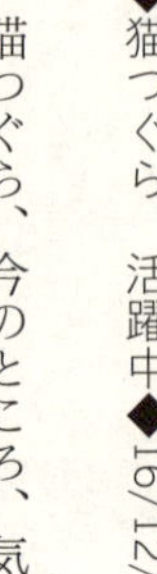

◆猫つぐら　活躍中◆16/12/10

猫つぐら、今のところ、気に入ってもらっている感じです。

出たり入ったりを繰り返してます。

◆1円ライター（嫌な呼び方ですけれど）◆16/12/10

クラウドソーシングという言葉があったかなかったかの時代。

私が会社を辞めてフリーライターとなった頃。

あまりに仕事がなくて、ネットで「ライター」の募集を見つけて、登録したことがあります。

結局、不器用な私はそこから仕事を請けることはありませんでしたが。

でも、1文字換算で、1円の仕事ならしたことがあります。

「この資料とこの資料から情報を切り貼りして、まとめて……」という依頼でした。

まさに、今回問題になっている。リライトの内職です。

情報の切り貼りはさすがにやばいと思い、一から自分で取材して仕上げたのですが。で、結果、1文字1円の仕事となったわけです。

私は、クライアント側の人間であったこともあり、なんでこんな無茶な仕事を発注するのか、その理由もなんとなく理解できます。

下請け孫請けひ孫請けと幾つも会社が絡むことにより、当初の予算がどんどん減っていき、実際に働く現場に届くまでに予算が雀の涙となるからです。この辺はアニメ現場の悲劇とも似ているかもしれません。

何が悪いのかは一概に言えないのですが、何がいいのかははっきりしています。

実際に発注する親クライアントと直接仕事をすることです。

そうすれば、それまで1文字1円（400文字400円）だったものが、400文字4000円ぐらいには上がる可能性があります。

これは、ライターに限らず、どの商売にも言えます。

ですが、親クライアントと直接仕事をするのが、日本ではかなり難しいのです。

そもそも、親クライアントは、個人には発注しません。何ちゃら編集プロダクションやら何ちゃら仲介業者やらにまず、発注する。

大手広告代理店になると、個人相手には口座取引をしないところまであります。

そんな中、親クライアントと直接仕事ができるライター群がいます。

ライターヒエラルキーの上層部に位置するこの方々は、ライティングの腕はもとより、営業力が優れているのです。そういうライターさんたちは、個人といいながら「何ちゃら事務所」など、法人化している場合が多い。

だから、親クライアントと直接仕事ができると言ってもいいかもしれません。

ただ、法人化するといろんな面倒な事務作業も発生するので、万人がなれるものではありません。

まさに、一握り。

この一握りの人たちから見たら、1円ライター（内職ライター）の存在は、はなはだ不思議に映るかもしれません。そんな安い金で請け負って、バカじゃないか？　と思う人もいるかもしれません。

でも、下請けまたは内職でしか、仕事を取れないライターもいる。

または、生活形態や家庭の事情で、自分で営業できないライターも多い。

繰り返しますが、営業力というのは才能そのもので、万人には備わってないのです。

営業力がないライターにとって、クラウドソーシングという形態は、まさに希望だとも思うんです。

なので、今回の問題で、クラウドソーシングという形態そのものがなくなるのは、ちょっと違うような気がいたします。

だからと言って、このまま、ライティングの価格が暴落するのを傍観していていいのか？

という気もしています。

薄利多売は、歴史的に見ても長続きしません。どこかで破綻します。

これは、小説家にも言えることです。

いつだったか。

１００円ショップで「１００円ミステリー」という文庫本が販売されていたことがありました。

悪寒が止まりませんでした。

これが「普通」の状態になったら、ミステリーはもとより、小説も終わりだな……と思ったからです。

何か、まとまりのない文章になってしまいました。

つまり、この件については、私なりの考えがまだうまくまとまっていないのです。

ただ、「1円ライター」と呼ばれる人たちを叩くのは、ちょっと違うと思うのです。

◆禁断の私たち◆16/12/11

マリモさんも1歳の誕生日を迎え、いっぱしの「アダルト」になったわけですが。

そのせいか、最近、お転婆行動がちょっと落ち着いています。

コードをカジカジする癖もなくなったし。

一方、私へのアピールが妙にアダルティーになってきまして。

まずは、私が部屋着のワンピを着ておりますと、裾から頭を突っ込んできます。

ちょっとしたエロオヤジ。

昨日なんか、胸元から頭を突っ込んで、胸元をペロペロしはじめて。

というのも、先日、マリモさんにシャーと爪を立てられて、ちょっとミミズ腫れができていまして。

それをケアするとでもいうのか、ペロペロ。

そうなんです。マリモさんは、自分で傷をつけておきながら、その傷を「痛かった？」とでもいうように、舐めてくれるんです。

なんなんでしょう、この飴と鞭は。

こんなことされたら、骨抜きの腰砕けです。

◆私も「金」◆16/12/12

2年前に、銀インレーで治療したばかりなのに、虫歯になってしまった上顎の奥歯。特に痛かったわけでもないのに、C3ぐらい進んでいたんだそうです。レントゲン写真を見せてもらったんですが、素人の私にはよく分かりませんでした。

特に痛くもないのに、大掛かりな治療になってしまいまして、かれこれ2週間、片方の歯でしかモノがかめないのが辛い。

そして、あともう1週間ほどこの状態が続く。

仕事に集中できないのが、一番痛いです。

さらに、銀インレーだと数年後にかなりの確率で虫歯になると言われ、金を入れることになったのですが、保険がきかないので、なんと、治療費を含めて8万円という大出費になりました（涙）。

本当に虫歯だったのか？　といううっすらとした疑惑を持ちつつも、これを人生最後の虫歯治療にする！　という固い決意のもと、「金」を選択しました。

今年の漢字も「金」が選ばれたことですしね……。

それにしても。

クリーニングをしに行っただけなのに、虫歯が発覚してこの大出費。

そういえば、前に銀インレーで治療したときも、クリーニングしに行ったら虫歯治療にまで発展しました。

そのときも痛くなかったんだけど……。

私には、盲腸でもないのに、盲腸を切られた残念な過去があります。

お腹が痛い……と親に訴えたところ、「盲腸に間違いない」といくつもの病院に連れて行かれ、が、どの病院も「盲腸ではない」という診断。それでも「盲腸に違いない」という考えに支配された母は、「盲腸だ」と診断されるまで諦めませんでした。そして、とうとう、「盲腸」だと診断してくれる病院に巡り合い、翌日には手術。

……結果的には、盲腸ではなくて、十二指腸潰瘍だったんですけどね。

そんな過去があるので、いまだに、お医者さんを妄信することができないのです。

こうなると、下手に病院には行かないほうがいいんじゃないかという、天の邪鬼な考えに陥ります。

だって、なんだかんだ病気が見つかり、大事になるんですもの。

……だから、人間ドックにも行きたくないんですよね。

そういえば。

健康診断をマメに受けている人と、健康診断をほとんど受けない人では、前者のほうが短命なんだそうですよ。

そんな報告もされています。

病院に行きます？　行きませんか？


追記。

疑念を持ってしまいましたが、色々と検索してみると、今回は、虫歯が見つかってラッキーだったという結論に。

痛みがなかったのは、ぎり、神経にまでとどいてなかったからで、このまま放っておいたら、最悪、抜いていたかもしれません。

私の目標は、「死ぬまで、全部自分の歯」です。

なので、医学を妄信しすぎるのはアレですが、適度には信頼したほうがいいというのが、今の考えです。

◆アダルトなマリモさん◆16/12/13

1歳になり、いっぱしの大人になったマリモさん。

そのせいか、かなり落ち着きが出てきました。

それまでは、とにかくお転婆さんで、下の住人さんから苦情がくるんじゃないかとハラハラするぐらいどったんばったん飛び跳ねていたんですが、今は、どちらかというと、寝ているほうが多くなりました。

もしかして、季節も理由かもしれません。

猫さんにも、冬眠モードがあるのかしら。

そして、最近のマリモさんは、よく鼻チューをしにきてくれます。

赤ちゃん以来ずっとご無沙汰だった、膝のりプレイも復活しました（膝にのると、必ず胸元をガブリとやられるのですが）。

気がつくと、私の足下ですやすや寝ています。

「にゃー」と呼ぶと、「にゃに?」とすっ飛んできてくれます。

相思相愛な私たち。

キティーな（小ちゃな）マリモさんも可愛かったのですが、今のアダルトなマリモさんのほうが、数倍可愛くて仕方ありません。

……つまりは、いちゃいちゃ自慢でした。

◆ちょっと嫌なことを書きますね。嫌な方は読み飛ばしてください。◆16/12/14

またまた、こんな事件がありました。

ロリコン男が、自分の欲情を満たすために保育士になった……という、地獄のような事件です。

以前、医師国家試験の予備校みたいなところで仕事をしたことがあるんですが、「女の体を隅々まで見たいから、医者になりたい」という人の話を聞いたとき、顎が外れそうになりました。それ以来、私は医者嫌い。どうしても医者にかからなくてはならないときは、女医さんのいる病院しか行きません。

ところで、「母親である前に、私は女よ！　人間よ！」というセリフを時々目にします。

大っ嫌いな言葉です。

それを言い出したら、

「保育士である前に教師である前に医者である前に警察官である前に、……人間だ。どす黒い欲望を持っていて、何が悪い」

ということになります。

まさに、今回の事件の保育士の言い分でしょう。

いや、違うんですよ。

人間だからこそ、職業的責任や役割をちゃんと担わなくちゃいけないんです。

欲望に支配された人は、もはや「人」ではなく、畜生以下。

いや、畜生ですら、ちゃんと欲望は制御しています。

皆、欲望に流されたらどうなると思いますか？

それこそ、鬼や閻魔様も逃げ出す、超絶地獄が出現します。

そんな地獄が好きな方もいるでしょう。

そんな人たちは、一つに集まってどこか遠くの孤島で欲望運動会でもしてください。

……私も、小さい頃は、よく、痴漢に遭遇しました。

一番古い記憶は、幼稚園の頃。

その頃のトラウマが、今の性格や作風と繋がっているのは言うまでもないことです。

私の場合、「毒を以て毒を制する」方式で、毒々しい小説を書くことで、自分の中に植えつけられた毒を放出しているところがあります。
それだけ、傷は深いのです。
一生ものです。
だから、小さい子に、悪さしないでください。
もちろん、歳は関係ありません。
小さくても、成人でも、人間の尊厳を傷つけるようなことをしないでください。
本当に、怒っています。

◆事件は伝染する？◆16/12/15

原稿の仕上げに、いろいろとニュースを調べていたら。
2つの事件がヒットしました。
初めは、同じ事件を伝えるニュースだと思ったんです。
だって、どちらも、息子が自宅で母親を殺害後、自宅から離れたマンションで投身自殺
……という内容ですから。
しかも、どちらも埼玉県。

１ヶ月に似たような事件が２つも。

横浜で高齢者ドライバーによる悲惨な事故があってから、毎日のように繰り返される高齢者の事故。

高速バスの事故が大ニュースになったときも、同じような事故が相次ぎました。

このように、何か大きな事件が起きると、類似した事件が起こりがちです。

事件は伝染するのか。

それとも、何か一つの事件がトリガーになり、ある特定の人がある種の催眠状態に陥って、知らず知らずのうちに、似たような事件を起こしてしまうのか。

よく、わかりません。

◆このミステリーがすごい◆16/12/17

年末といえば、各誌が発表するミステリーランキングなのですが、今年は色々と忙しくてすっかり忘れていました。

……とはいっても、私はランキングにとんと無縁でして。

デビューしてから11年、この手のランキングにはかすることもありません。

つまり、トップ100にも入っていないという……。

悔しいかといえば、……以前は確かにそれで落ち込むこともあり、この時期になると心がざわついていたのですが、ここ数年は気にならなくなりました。

負け惜しみ……と言われればそれまでなんですが。

それより今は、「重版がかかるかどうか」「初版は何部か」のほうが気になります。

ランキングに入らなくても、重版がかかってくれたらそっちのほうが嬉しいのです。

ランキングに入らなくても、初版が多いほうが小躍りします。


……私もようやく、ある種の諦観の境地に入ったのかもしれません。

◆猫ベッド　4号◆16/12/19

猫ベッド4号が完成。

ちなみに、1号、2号はこちら。

そして、3号。

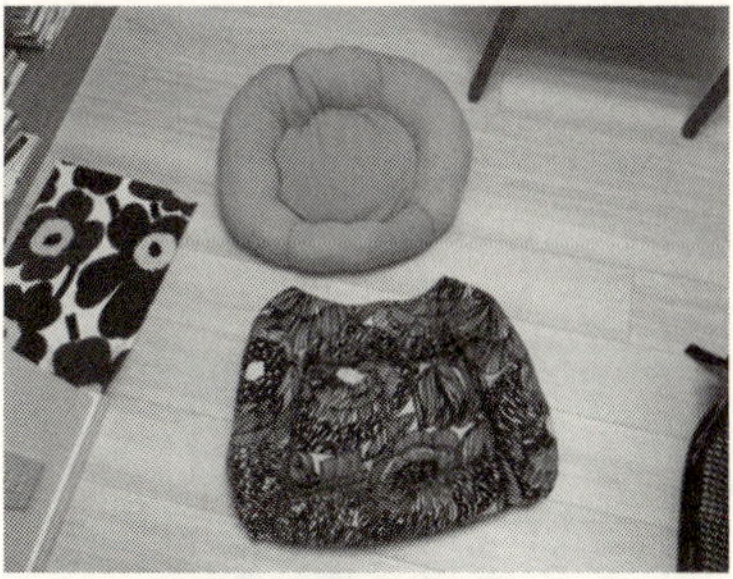

さて。マリモさんは、4号を気に入ってくれるでしょうか？

追記。

猫ベッドは、全部、古着のリフォームなんですけれど、最近では、服を買うとき、「これ、

上から1号、2号

3号

猫ベッドに向いている？」というのが基準になっています。
なんか間違っている気もしなくはないんですが、まあ、いいと思います。

なんか、部屋がどんどん騒がしくなっていくんだけど……

◆マリモさんは超グルメ◆16/12/20

マリモさんの大好物といえば、これ。

ママクック フリーズドライのムネ肉（猫用）150g

親バカで目が曇ってしまい、あまり深く考えずに定期購入していたんですが、150gで2400円って……。

高級和牛ステーキ並みじゃないですか！

だからといって、買うのはやめられない。

なにしろ、これをお湯で戻してトッピングしないと、ご飯を食べてくれないマリモさん。

買い忘れてただのカリカリだけにすると、ハンガーストライキに入るマリモさん。

……こんなグルメ嬢に育ててしまって……これから私の本が売れなくなったらどうしよう

……それでも、今更、質は落とせない……ああ……

などと、こんな深夜に悶絶しています。

◆〝暴言〟は、愛?◆16/12/25

気がつけば。

マリモさんが可愛すぎて、つい、「おバカさん」だの「おデブちゃん」だの「ブチャイクさん」だの「お邪魔虫さん」だの「鼻ぺちゃさん」だの、言いまくっている私。

きっと、マリモさんからしたら、「ひどい」暴言。

早く帰ってきてね！　今日は、クリスマスなんだから

でも、これ、愛が溢(あふ)れすぎて、つい、飛び出してしまうんですよね……。
私もよく「デブちゃん」だの「ブーちゃん」だの「おバカ」だの言われてきましたが、あれも愛のうちだったのかな……とか。
でも、同じ暴言でも、口調によって、「愛」かただの暴言かは区別できます。
私の場合は、ただの暴言も多かった気もい

たします。

いずれにしても、それが「愛」なのか「暴言」なのか、その区別は、受け取る側には伝わりにくい。

なので、なるべくネガティブな表現は使わないようにしたいですね。

……それでも、やっぱり、マリモさんは「おバカさん」で「おデブちゃん」で、世界一のかわいこちゃん！

◆猫界のブルドッグ、それはブリティッシュショートヘア◆16/12/25

ブリティッシュショートヘアは、「猫界のブルドッグ」という異名を持ちます。

なんでブルドッグなんだろう……と思っていたのですが、マリモさんと暮らしていくうちに「なるほど」と。

つまり、ブリショーは、「皮」がすごいんです。

肉だと思っていたら、実は「皮」だった。

それが、ブルドッグと言われる所以（ゆえん）だと。

その証拠写真を。

ご覧ください、このはみ出しっぷり。

◆騒音問題◆16/12/27

今、職場として借りている部屋は、一応はタワーマンションに分類されます。

そして、築浅。

造りもしっかりしていて、見た目もグー！　な立派な建物……なんですが。

隣なのか上なのか、はたまた全然違う場所からなのか、ドスーンドスーンという謎の音や、明らかな足音、そして場合によっては子供の高い声……などが聞こえてきます。

割とはっきりと。

そういえば、共用掲示板に、「生活音、注意！」という張り紙が貼ってありましたっけ……。その中に、「スリッパで歩く音」というのもあり、「昭和の安アパートじゃあるまいし、嘘でしょう？」と。

実は、この5年で、職場を3回も変えた私。どれもタワーマンションで、そしてどれも騒音問題に巻き込まれ、それが面倒で引っ越したのでした。

小説でも何回か書きましたが、高層の建物は、建物そのものを軽量化するために、戸境を「乾式」の壁で仕切ります。「乾式」とは、コンクリートではなく、簡単にいえば「石膏ボード」。この乾式壁は、とにかく音に弱い。

今借りている部屋は、多分、最新で最先端の技術を使った乾式壁を使用しているはずですが、それでも、音は漏れます。

私が神経質すぎるのか、ちょっと仕事に集中しているときは、気になって気になって。でも、一日中いるわけではなく、夜は自宅に戻りますので、今のところは「ちょっと気になる」程度なんですが、これが、住まいとして利用していたら……と思うと。しかも、購入した部屋だったら……と思うと。

今、大ブームのタワーマンション。

階数ヒエラルキーばかりが問題になりますが、実は、騒音問題のほうが深刻だと思うんです。

……騒音問題対策、タワマン住民はどうしているのか気になるところ。

ちなみに。

コンクリートで作られた壁は「湿式壁」と呼ばれます。

昔ながらの団地なんかは「湿式壁」です。騒音問題で殺人事件が多発した昭和時代、遮音は集合住宅の最重要課題で、だから、戸境壁は分厚いコンクリートで作られました。

そんな歴史を忘れたかのように、今は、乾式壁が多数派。

高層物件が増えたせいですが、それ以上に、「軽量」で「安い」というのも選ばれる理由なのかもしれません。

が、私は、「湿式壁」にこだわりたいと思いました。

神経質ですから。

音が聞こえてくるのも嫌ですが、自分が音を出して迷惑をかけているんじゃないか？　と思い悩むほうが、辛いのです。

で、自宅を購入するときは、「湿式壁」かどうかに注目しました。

どんなに理想的な物件が現れても、「湿式壁」でなければ却下。

こうして選んだ今の自宅は、今のところ、騒音の悩みはありません。

ただ、マリモさんの夜の大運動会が、下の住人さんを悩ましていないか、それだけは気がかりですが……。

◆年賀状◆16/12/29

結婚もそうですが、「子供が生まれました！」的な報告も、受け止め方は人それぞれ。年賀状で、「よく知りもしない子供の写真や家族の写真を毎年送りつけやがって」と、新年早々いらっとする方は多いのではないでしょうか？

ですが。

これが「猫」とか「犬」とかのペットになると話は別。

どんなにグダグダでも、イチャイチャでも、ラブラブでも、いらっとすることはありません。むしろ、もっと見ていたい。

なので、ここ最近の私は、1日の大半を猫ブログサーフィンに費やしています。

ということで、来年の年賀状は、「マリモさん」のどアップ写真です。

あたくしの年賀状が送られてきても、間違っても捨てないでくださいね！

新年早々のマリモテロ、どうぞ、気持ち良く受け取っていただきたく。

◆今年の総括。◆16/12/30

トリ頭の私は、過ぎたことはすっかり忘れてしまうタチなので、今までしてきたことないんですが。

今年は、この1年を振り返ってみます。

1月29日……「6月31日の同窓会」発売。

2月10日……マリモさんと運命的な出会い。

2月11〜16日……マリモさんをお迎えする準備。「猫のベッドを作っているので、原稿の締め切り、ちょっと遅れます」というふざけたメールが出てきました。

2月17日……マリモさんをお迎え。

5月初旬……約18年住んだ所沢市の住まいを、売

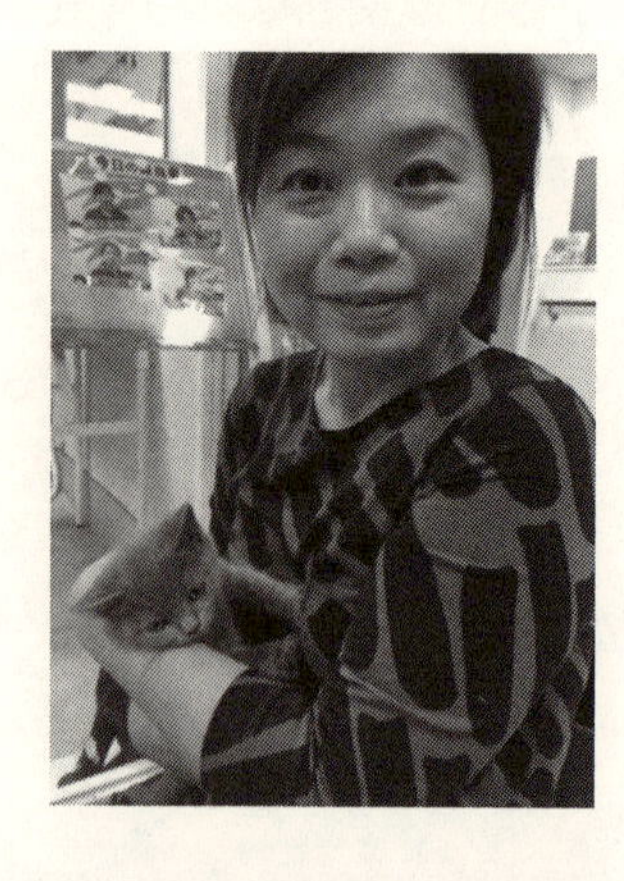

却。アデュー、所沢市！　散々ネタにしてしまい、すみませんでした。
5月25日……マリモさん、避妊手術。
7月20日……「私が失敗した理由は」発売。
7月27日……初めての北海道。札幌の各書店さんにご挨拶。
8月5日……初のトークショー！　さいとうちほ先生にお花をいただきました。

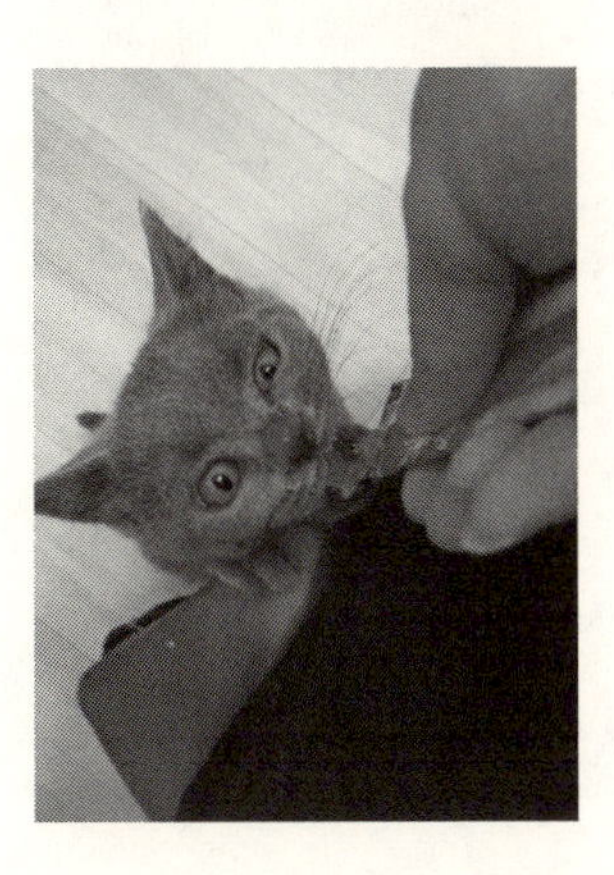

9月……マリモさんが、キャンディーの包みに！
11月22日……なんと、クイズ番組に出演！
12月9日……マリモさん、1歳の誕生日。手作りの猫つぐらをプレゼント。
……と振り返ると、なんだかんだと盛りだくさんだった1年。
マリモさんとの出会いが、やはり、一番のイベントでした。

では、今年もあと1日。
よい年越しを！

◆2017年になりました◆17/01/01

2017年になりましたね。
結局、大掃除することなく、お飾りを引っ掛けて終わり。
そして、年に一度の贅沢。
おひとり様御節(おせち)料理。
これを、3日かけて一人で食べ尽くします。

最後に、今年の年賀状です。

おわりに

政権交代が起きた２００９年から小池都知事が誕生した２０１６年まで、約7年分のブログとエッセイにお付き合い頂き、誠にありがとうございます。しかし、長かったですね……。

筆者の私が校正紙（ゲラ）を読みながらへとへとになっているのですから、読者の皆様もさぞやお疲れのことでしょう。なので、「あとがき」はさくっと終わらせよう……と思ったのですが。

この「おひとり様作家、いよいよ猫を飼う。」を編集中に、母が亡くなりました。ブログやエッセイの中に度々出てくる母ですので、このことには触れておかないと……と思いまして。

もう少し、お付き合いくださいませ。

ブログの中でも触れていますが、母は一度、大きな交通事故にあっています。それを知らせる電話のベルが、ちょっとしたトラウマに。

そのとき、母が死んだと思いました。確か、私は小学2年生……8歳ぐらいのときです。

父はすでになく、母もなくしたら、私はいったいどうやって生きていくのか？　また、施設送りか？　そんなの嫌だ、嫌だ……！　あまりの不安に、気を失ったほどです。そのときの経験から、電話のベル、イコール、母の不幸を知らせるサイン……となってしまったのです。

特に、夜の電話が苦手でした。不幸の報せは、大概、夜にかかってくるものです。母が事故を起こしたのも夜でしたし。

が、その報せは、午前中でした。

２０１９年1月13日午前10時半頃。見知らぬ電話番号から着信がありました。その市外局番から、「あ、もしかして」と。

予想は当たりました。母が入院していた小田原の病院からでした。

「脈拍がほとんどありません」。看護師さんらしき女性は言いました。

「つまり、……もう助からないと？」。そう訊く私は、案外、冷静でした。

病院に駆けつけ、その遺体を見たときも、取り乱すことはありませんでした。

というのも、遡ること約2週間。母は一度死んでいます。そのときは心臓マッサージなどの蘇生措置が行われ、なんとか命をつなぎ止めたのですが、もう長くはないだろうと医者からは言われました。大泣きしました。自分でも驚く程、泣きました。人目も憚らず、泣いて泣いて。そのときに泣き尽くしていましたので、もう覚悟はできていたのです。

実際、悲しんでいる暇などありませんでした。病室の私物をまとめたり、葬儀屋さんを呼んだり、遺体を運び出したり、葬儀の打ち合わせをしたり。……まるで1週間分の仕事を半日でこなすような目まぐるしさ。もう、これ以上は無理。そして遺体を葬儀ホールに預け、いったん、自宅に戻ることにしました。

ホームで電車を待っているとき。

やけに、夕焼けが綺麗でした。その夕焼けを見ながら、

ああ、これで解放されたな……と。

これで、電話の着信音に怯えることもなくなったな……と。

思えば、「私が死んだら、私が死んだら……」が母の口癖でした。物心ついた頃からそれを聞かされていた私は、ずっと強迫観念に縛られてきました。電話の着信音が怖いというのも、そのひとつです。

そう、私は、生まれてから今まで、ずっとずっと、母が死ぬことを恐れていたのです。幼児期は施設に預けられ、その後も離れて暮らしているほうが長く、一緒に暮らした期間は15年にも満たないような希薄な親子関係だというのに、私は母が死ぬことをなにより恐れていたのです。これが親子愛というものか？　いいえ、違う気がします。「愛」というより、「執着」のような気がします。

私は、母、または大人の都合で、赤ん坊の頃からあっちに行ったりこっちに行ったりを繰

り返し、不満を常に抱えていました。「どうして、私は他の子のように暮らせないの？　どうして、フツーに生活できないの？」と。その恨みつらみを母にぶつけることが、私の生き甲斐になっていたのです。

が、もう、ぶつける相手はいない。

もっともっと言ってやりたいことがあったのに。もっともっと私の成功を見せつけてやりたかったのに。

でも、もうその相手はいない。

そう思ったとき、ようやく、涙が溢れました。

「ああ、これで、本当のおひとり様か」

やけに綺麗な夕焼けは、いつのまにか、夕闇になりつつありました。

そして、電車がすうぅっとホームに入ってきて。

私はそれに乗るしかないのだな……と、ドアに向かって歩き出したのでした。

写真　著者本人
イラスト　浅生ハルミン

本書は文庫オリジナルです。

初出　ブログより抜粋し加筆修正して再編集しました。
「生存確認」（現在閉鎖中）
「真梨幸子 mariyukiko's blog」

また、左記のエッセイを収録しています。
「私の帳簿術」（「クロワッサン」）
「私の妄想術」（「クロワッサン」）
「私のたからもの／避難命令！　そのとき、私が手にしたものは？」
（「ジェイ・ノベル」）
「初めての著者近影」（「メフィスト」）
「はじめてのお小遣い」（「週刊読書人」）
「愛と憎しみの朝ドラ」（「小説すばる」）
「『鸚鵡楼の惨劇』について」（「週刊読書人」）
「青木まりこ現象再び」（「日販通信」）

幻冬舎文庫

●好評既刊
みんな邪魔
真梨幸子

少女漫画『青い瞳のジャンヌ』を愛する〝青い六人会〟。平和な中年女性たちの会がある日豹変！　飛び交う嘘、姑息な罠、そして起きた惨殺事件――。殺人鬼より怖い平凡な女たちの暴走ミステリ。

●好評既刊
あの女
真梨幸子

タワーマンションの最上階に暮らす売れっ子作家珠美は人生の絶頂。一方、売れない作家・桜子は、珠美を妬む日々。あの女さえいなければ――。女のいるところに平和なし。真梨ミステリの真骨頂。

●好評既刊
ふたり狂い
真梨幸子

小説の主人公と同姓同名の男が、妄想に囚われ作家を刺した。クレーマー、ストーカー、ヒステリー。「私は違う」と信じる人を震撼させる、一瞬で狂気に転じた人々の「あるある」ミステリ。

●好評既刊
アルテーミスの采配
真梨幸子

出版社で働く倉本渚は、AV女優連続不審死事件の容疑者が遺したルポ「アルテーミスの采配」を手にする。原稿には罠が張り巡らされていて――。無数の罠が読者を襲う怒濤の一気読みミステリ。

●最新刊
空気を読んではいけない
青木真也

中学の柔道部では補欠だった著者が、日本を代表する格闘家になれた理由とは――。「感覚の違う人は〝縁切り〟する」など、強烈な人生哲学を収録。自分なりの幸せを摑みとりたい人、必読の書。

幻冬舎文庫

●最新刊
いちばん初めにあった海
加納朋子

千波は、本棚に読んだ覚えのない本を見つける。挟まっていた未開封の手紙には、「わたしも人を殺したことがある」と書かれていた。切なくも温かな真実が明らかになる感動のミステリー。

●最新刊
異端者の快楽
見城　徹

作家やミュージシャンなど、あらゆる才能とスウィングしてきた著者の官能的人生論。「異端者」とは何か、年を取るということ、「個体」としてどう生きるかを改めて宣言した書き下ろしを収録。

●最新刊
運玉（うんだま）
誰もが持つ幸運の素
桜井識子

草履取りから天下人まで上りつめた歴史的強運の持ち主・豊臣秀吉は天からもらった「運玉」を育てていた！　神様とお話しできる著者が秀吉さんから聞いた、運を強くするすごいワザを大公開。

●最新刊
バスは北を進む
せきしろ

故郷で暮らした時間より、出てからの方がずっと長いというのに、思い出すのは北海道東部「道東」の、冬にはマイナス20度以下になる、氷点下で暮らした日々のこと。センチメンタルエッセイ集。

●最新刊
捌き屋　罠
浜田文人

企業間に起きた問題を、裏で解決する鶴谷康。ある日、入院先の理事長から病院開設を巡る土地買収処理を頼まれる。売主が約束を反故にし、行方まで晦ましているらしい――。その目的とは？

おひとり様作家、いよいよ猫を飼う。

真梨幸子

平成31年4月10日　初版発行

発行人――石原正康
編集人――高部真人
発行所――株式会社幻冬舎
〒151-0051東京都渋谷区千駄ヶ谷4-9-7
電話　03(5411)6222(営業)
　　　03(5411)6211(編集)
振替 00120-8-767643
印刷・製本―中央精版印刷株式会社
装丁者――高橋雅之

検印廃止
万一、落丁乱丁のある場合は送料小社負担でお取替致します。小社宛にお送り下さい。

定価はカバーに表示してあります。

幻冬舎文庫

ISBN978-4-344-42862-1　C0195　ま-25-5

幻冬舎ホームページアドレス　http://www.gentosha.co.jp/
この本に関するご意見・ご感想をメールでお寄せいただく場合は、
comment@gentosha.co.jpまで。